U.G.E. 10|18
12, avenue d'Italie — Paris XIIIe

Du même auteur
dans la collection 10/18

BIJOUX DE FAMILLE, n° 2558

MORT D'UNE GARCE

PAR

COLIN DEXTER

Traduit de l'anglais
par François MAZIN

10|18

INÉDIT

« Grands Détectives »
dirigé par Jean-Claude Zylberstein

Titre original :
The Wench Is Dead

ISBN 2-264-02017-2

« Tu as commis le péché de fornication ;
Mais cela se passait dans un autre pays,
Et d'ailleurs, la garce est morte. »

(Christopher Marlowe,
Le Juif de Malte)

Pour
Harry Judge,
amoureux des canaux, qui me fit
connaître
Le Meurtre de Christine Collins
de John Godwin,
récit fascinant d'un meurtre
commis au début du règne de Victoria.
Je leur suis à tous deux très redevable.

REMERCIEMENTS

L'auteur et les éditeurs souhaitent remercier les personnes ou institutions suivantes qui ont donné la permission d'utiliser leur propriété littéraire :

Carte du canal d'Oxford reproduite avec l'agrément des services du Musée du comté d'Oxford ;

Century Hutchinson pour les extraits d'*Adventures in Wonderland* de David Grayson ;

Faber and Faber pour les citations de « Little Gidding » des *Quatre Quatuors* de T. S. Eliot ;

David Higham au nom de Dorothy L. Sayers pour les extraits du *Meurtre de Julia Wallace* ;

Methuen pour les citations de *Homme pour homme* de Bertolt Brecht ;

L'Oxfordshire Health Authority pour les extraits d'un *Guide à l'intention des patients et des visiteurs* ;

L'Oxford Illustrated Press pour les citations de *L'Érosion d'Oxford* de James Stevens Curl ;

E. O. Parrott ;

Routledge, Chapman and Hall pour les extraits de *Pour comprendre les media* de Marshall McLuhan ;

La société Bernard Shaw pour la permission de citer des passages de *Retour à Mathusalem*, publié par Longman.

CHAPITRE PREMIER

> « La pensée dépend absolument de l'estomac ; pourtant, ceux qui ont les meilleurs estomacs ne sont pas les meilleurs penseurs. »
>
> (Voltaire à d'Alembert)

Il eut des nausées intermittentes le mardi. Le mercredi, il *fut* souvent malade. Le jeudi, il avait eu des nausées, mais ne fut malade que de temps en temps. Tôt dans la matinée du vendredi — vidé, léthargique, infiniment las —, il trouva non sans peine la force de se traîner de son lit jusqu'au téléphone pour s'excuser auprès de ses supérieurs du poste de police de Kidlington de ce qui avait tout l'air de s'annoncer comme une absence en ce jour de la fin novembre.

A son réveil, le samedi matin, il se rendit compte avec joie qu'il se sentait considérablement mieux ; de fait, en s'installant à la cuisine de son appartement de célibataire du nord d'Oxford, dans un pyjama aussi gaiement rayé qu'un transatlantique du Lido, il se demandait si son estomac pourrait supporter une gaufrette de Weetabix quand le téléphone retentit.

— Ici, Morse, dit-il.

— Bonjour, monsieur. (Une voix agréable !) Ne quittez pas s'il vous plaît, le surintendant voudrait vous parler.

Morse ne quittait pas. Pas beaucoup le choix, n'est-ce pas ? Pas du tout le choix, en fait ; et il parcourut les gros titres du *Times* qu'on venait de fourrer dans la fente de la boîte aux lettres dans la petite entrée, en retard, comme d'habitude le samedi.

— Je vous passe le surintendant, reprit la même voix agréable ; juste un instant, s'il vous plaît !

Morse ne dit mot ; mais il pria presque (c'était quelque chose pour un athée de la Basse Église[1] comme lui !) pour que Strange se dépêche, prenne la ligne et lui dise ce qu'il avait à dire... La sueur lui perlait sur le front et de la main gauche il fouilla la poche supérieure de son pyjama à la recherche de son mouchoir.

— Ah ! Morse ? Allô ? Ah, navré d'apprendre que vous êtes un peu mal fichu, mon vieux. C'est la saison, quoi. Le beau-frère l'était — voyons, quand donc ? —, y a une quinzaine de jours ? Non ! je mens — cela devait être y a trois semaines, au moins. Enfin, cela vous fait une belle jambe, hein ?

A plus grosses gouttes, la sueur avait reparu sur le front de Morse qui l'essuya en marmonnant quelques borborygmes déférents et approbateurs dans le combiné.

— Je ne vous ai pas tiré du lit, j'espère ?

— Non... non, monsieur.

— Bien. Bien ! J'ai seulement voulu prendre des

1. Une des deux tendances de l'Église anglicane : la Basse Église (*Low Church*), de tradition protestante, évangélique, s'oppose à la Haute Église (*High Church*), plus proche du catholicisme. (*N.d.T.*)

nouvelles, c'est tout. Heu... Dites donc, Morse ! (A l'évidence, les pensées de Strange avaient atteint une conclusion.) Inutile que vous veniez aujourd'hui — complètement inutile ! A moins, bien sûr, que vous vous sentiez d'un seul coup beaucoup mieux. Nous pouvons à peu près nous débrouiller ici. Les cimetières sont pleins de gens indispensables, pas vrai ?

— Merci, monsieur. C'est très gentil à vous d'avoir téléphoné, je suis très touché, mais je suis théoriquement de congé ce week-end, de toute façon.

— Vraiment ? Ah ! c'est bien ! C'est, heu... *très* bien, quoi ! Vous permet de rester au lit.

— Peut-être, monsieur, fit Morse excédé.

— Vous me dites que vous étiez *levé*, malgré tout ?

— Oui, monsieur.

— Eh bien, retournez vite vous coucher, Morse ! Cela vous donnera l'occasion d'un très bon repos — pour ce week-end, je veux dire —, n'est-ce pas ? C'est juste ce qu'il faut — un peu d'repos — quand on est mal fichu — exactement ce que le toubib a dit à mon beau-frère — mais quand donc, au juste... ?

Par la suite, Morse croyait avoir conclu cette conversation téléphonique de façon adéquate — en exprimant une inquiétude convenable pour le beau-frère convalescent de Strange ; il croyait se rappeler s'être passé à nouveau la main sur un front à la fois trempé et glacé — avoir aspiré deux ou trois fois profondément puis s'être précipité en direction de la salle de bains...

Ce fut Mrs. Green, la femme de ménage qui venait les mardi et samedi matin, qui appela le 999 immédiatement pour demander une ambulance. Elle avait trouvé son employeur le dos collé au mur, dans l'entrée ; conscient, apparemment sobre, assez présentable, excepté ces taches d'un pourpre foncé sur le devant de son pyjama de transatlantique — des taches dont la couleur autant que la texture lui évoquaient précisément le marc au fond d'un percolateur. Et elle en connaissait la signification précise, parce qu'un médecin indélicat et cruel lui avait bien fait comprendre — il y avait cinq ans de cela — que si elle l'avait appelé immédiatement, Mr Green serait peut-être encore...

— Oui, c'est ça, s'entendit-elle dire — pour une fois impérieuse et autoritaire. Juste au sud du rond-point de la Banbury Road. Oui. Je vous attendrai.

A dix heures et quart, ce même jour, un Morse à moitié réticent seulement consentait à ce qu'on l'installe dans une ambulance, où, en chaussons, enveloppé dans une couverture grise et râpeuse sur un pyjama propre, il prit place, sur la défensive, en face d'une femme entre deux âges, en uniforme, qui semblait considérer comme un affront personnel son refus de s'étendre sur la civière et qui lui fourra d'un air morne et silencieux une cuvette réniforme en émail blanc dans le giron tandis qu'il vomissait une fois de plus abondamment et bruyamment et que l'ambulance gravissait Headley Way, s'engouffrait à gauche dans l'hôpital John Radcliffe puis s'arrêtait devant le service des urgences.

Étendu (sur un chariot d'hôpital, à présent), Morse se dit qu'il eût pu mourir une demi-douzaine de fois peut-être sans que personne n'enregistre son départ. Mais il avait toujours été impatient (surtout à l'hôtel, quand il attendait son petit déjeuner), et l'attente ne fut probablement pas aussi longue qu'il l'imaginait avant qu'un employé subalterne en blouse blanche remplisse pour lui, d'un air désinvolte, un questionnaire qui allait des noms de ses parents les plus proches (aujourd'hui tous disparus, en ce qui le concernait) jusqu'à son surnom habituel (tout aussi inexistant, hélas !). Pourtant, une fois passé ces rites d'initiation — une fois qu'il fut entré dans le club, en quelque sorte, et eut signé les formulaires —, Morse s'aperçut qu'on lui témoignait une attention beaucoup plus grande. Consciencieuse, une jeune infirmière surgit de quelque part, prit de la main gauche une montre fixée à son revers impeccablement amidonné et le pouls du patient de la droite ; mesura ensuite sa tension en lui serrant sur le bras les lanières noires avec une férocité qui lui semblait tout à fait inutile ; puis elle inscrivit ses résultats sur un diagramme (intitulé MORSE, E.) d'un air si tranquille qu'on se disait que seules les irrégularités les plus dramatiques auraient pu l'inquiéter. La même infirmière se préoccupa enfin de la question de sa température ; Morse se sentait un peu ridicule, étendu avec le thermomètre pointant hors de la bouche ; on retira l'instrument, consulta l'indication, apparemment décevante, on le secoua trois fois avec énergie, comme s'il s'agissait de donner quelques petits revers dans un match de ping-pong, puis on le lui remit sous la langue, sensation toujours aussi désagréable.

— Suis-je censé survivre ? risqua Morse tandis que l'infirmière inscrivait ses nouveaux résultats sur sa fiche.

— Vous avez de la température, répondit froidement la jeune fille.

— Je croyais que *tout le monde* avait de la température, marmonna le malade.

Mais l'infirmière lui tournait déjà le dos pour examiner le nouvel arrivé.

Un adolescent, les jambes plâtrées de boue, le haut du corps pris dans un maillot de rugby rayé rouge et noir, venait d'arriver sur son chariot — le front zébré d'une épouvantable cicatrice de cyclope. Pourtant, il semblait à Morse tout à fait à l'aise tandis que le même employé subalterne l'interrogeait en détail sur ses antécédents, sa religion, ses parents. Et, tout aussi à l'aise quand la même infirmière le sonda avec son stéthoscope, sa montre, son thermomètre. Morse ne put qu'envier la familiarité aussitôt établie entre le jeune garçon et la jeune fille. Soudain — presque cruellement — Morse réalisait que cette jeune personne l'avait pris pour ce qu'il était, lui : un bonhomme qui s'était frayé un chemin jusqu'à la cinquantaine et qui allait devoir affronter les problèmes vaguement *infra dignitatem* des hernies et des hémorroïdes, des infections urinaires et — oui ! — des ulcères duodénaux.

On avait laissé à sa portée la cuvette réniforme et Morse faisait de violents efforts pour vomir, quoique sans effet, quand un jeune interne (à peine la moitié de son âge) vint le trouver et passa en revue les rapports de l'ambulance, de l'administration, du personnel médical.

— Vous avez d'assez sales ennuis à l'estomac, vous l'avez compris ?

— Personne ne m'a encore rien dit, répliqua Morse en haussant légèrement les épaules.

— Mais il ne faut pas s'appeler Sherlock Holmes pour se douter qu'il y a quelque chose qui ne va vraiment pas à l'intérieur, non ?

Morse allait répondre quand l'interne continua.

— Et vous venez d'arriver, je crois ? Si vous nous le permettez, Mr., heu, *Morse*, n'est-ce pas ? — si vous nous le permettez, nous tâcherons de vous en dire davantage dès que possible, d'accord ?

— Je vais très bien, en fait, répondit, humilié, l'inspecteur principal de police tout en s'étendant pour dénouer la contraction qui s'était faite dans ses épaules.

— Vous n'allez pas très bien, je le crains ! Dans le meilleur des cas, vous avez un ulcère à l'estomac qui a brusquement décidé de saigner — Morse ressentit un petit tressautement d'angoisse quelque part dans le diaphragme — et au pire, vous avez un « ulcère perforé » comme on dit ; et si tel est le cas...

— Si c'est le cas... ? reprit Morse, à voix basse.

Mais le jeune médecin ne répondit pas immédiatement et tâta, serra, travailla les replis de chair autour de l'abdomen du patient.

— Trouvez quelque chose ? s'enquit celui-ci en quémandant un sourire.

— Vous pourriez perdre une dizaine de kilos sans problème. Votre foie est dilaté.

— Mais je croyais que vous veniez de parler de l'estomac !

— C'est bien de lui qu'il s'agit ! Vous avez eu une hémorragie stomacale.

— Qu'est-ce que... quel est le rapport avec mon foie ?

— Buvez-vous beaucoup, Mr. Morse ?

— Eh bien, on prend tous un ou deux verres par jour, non ?

— Buvez-vous *beaucoup* ?

(La même formule — prononcée un demi-ton plus bas, par exaspération.)

Aussi flegmatique que le permettait son début de panique, Morse haussa une nouvelle fois les épaules :

— J'aime bien boire une chope de bière, oui.

— Combien de pintes buvez-vous par semaine ?

— Par semaine ? couina le malade, le visage assombri comme celui d'un enfant qu'on oblige à résoudre de tête une multiplication difficile.

— Par jour, alors ? suggéra l'interne pour l'aider.

— Deux ou trois, je suppose, fit Morse en divisant le vrai chiffre par trois.

— Buvez-vous de l'alcool ?

— De temps en temps.

— Quelle sorte ?

Morse haussa une nouvelle fois ses épaules raidies.

— Du scotch ; je me sers parfois une goutte de scotch.

— Combien de temps vous dure une bouteille de whisky ?

— Ça dépend de sa taille.

Mais, comprenant que sa tentative d'humour était peu appréciée, il multiplia rapidement la durée par trois :

— Une semaine — dix jours — à peu près.

— Combien de cigarettes fumez-vous par jour ?

— Huit... dix, répondit Morse, qui commençait à comprendre le jeu, en divisant ou multipliant rapidement par trois.

— Faites-vous parfois de l'exercice — marche, course, vélo, squash... ?

Mais Morse n'eut pas le temps de reprendre ses tables de calcul, il se jeta sur la cuvette laissée à sa portée. Tandis qu'il vomissait, abondamment cette fois, l'interne observa non sans trouble le marc mêlé aux éloquentes taches de sang écarlate — sang journellement désoxygéné par une abondance de nicotine puis libéralement lubrifié à l'alcool.

Pendant un certain temps, après cela, l'esprit du patient resta vague. Par la suite, cependant, il croyait se souvenir d'une infirmière penchée sur lui — la même jeune infirmière qu'auparavant ; il revoyait les doigts joliment manucurés de sa main gauche qui s'emparait de la montre ; pouvait presque lire dans ses pensées tandis que, le sourcil froncé, elle louchait sur l'équation problématique établie entre son pouls et les trente secondes du chronomètre...

A ce moment, Morse comprit que l'Ange de la Mort avait agité les ailes sur sa tête ; et il ressentit un brusque frisson de peur car il se mettait à penser pour la première fois qu'il allait mourir. Il se représenta, l'espace d'une ou deux secondes, la notice nécrologique louangeuse, le paragraphe flatteur.

CHAPITRE II

> « Mais savez-vous pourquoi nous sommes toujours plus justes et généreux avec les morts ? La raison est simple. Avec eux, il n'y a pas d'obligation. Ils nous laissent libres, nous pouvons prendre notre temps, caser l'hommage entre le cocktail et une gentille maîtresse, à temps perdu, en somme. »
>
> (Albert Camus, *La Chute*)

A son réveil le lendemain, Morse perçut une aube grise à travers la fenêtre de la petite salle commune, à sa gauche ; et une horloge donnant 4 h 50 du matin sur le mur au-dessus de l'arche, à sa droite, à travers laquelle il pouvait voir une infirmière d'une minceur séduisante, assise dans une mare de lumière derrière sa table, en train d'écrire dans un grand livre. Écrivait-elle, se demanda-t-il, à *son* sujet ? Si oui, il y avait vraiment peu de choses à dire ; car, à part quelques vomissements aux petites heures de la nuit, il s'était sincèrement senti beaucoup mieux ; et il n'avait pas réclamé d'autres soins. La perfusion fixée à son poignet droit et reliée à la bouteille de solution salée accrochée au-dessus de son lit lui tirait toujours la peau de manière gênante la plupart du temps, comme si l'aiguille avait été mal enfoncée ; mais il était décidé à ne pas mentionner une vétille de ce genre. Cet appareillage pénible l'obligeait bien sûr à rester immobile — du moins jusqu'à ce qu'il fût devenu aussi habile que le jeune homme du lit voisin qui avait passé l'essentiel de la soirée précédente à vagabonder librement (à ce qu'il semblait) dans tout l'hôpital, en maintenant en équilibre sa perfusion comme quelque athlète éthiopien sa torche olympique. Morse avait ressenti une vive confusion quand des circonstances tout à fait indépendantes de sa volonté l'avaient forcé à mendier une « bouteille ». Pourtant, on lui avait épargné — jusqu'ici — l'indigne dispositif du « vase » redouté ; il espérait que l'absence de nourriture solide pendant les jours précédents se solderait par l'inactivité réciproque de ses boyaux. Tout allait bien pour l'instant !

L'infirmière parlait avec un jeune interne au visage poupin, à l'ossature délicate, dont la blouse descendait presque jusqu'aux chevilles, un stéthoscope accroché à sa poche droite. Bientôt, ils passèrent tous les deux, tranquilles, naturels, dans la chambre de Morse ; puis ils disparurent derrière les rideaux (tirés depuis la veille) du lit qui se trouvait en diagonale.

Lors de son arrivée dans la chambre, en chariot, Morse avait remarqué l'occupant de ce lit — homme au visage fier, presque octogénaire, nanti d'une moustache de l'armée des Indes et d'une fine chevelure d'une blancheur de neige. Les yeux bleu délavé du vieux guerrier s'étaient posés, pendant une ou deux secondes, sur le visage du nouvel arrivant, comme pour lui adresser un vague message d'espérance et de camaraderie. De fait, le vieillard mourant aurait certainement adressé ses meilleurs vœux au nouveau patient s'il avait pu ouvrir la bouche ; mais la septicémie galopante qui avait coloré de rose ses joues cireuses lui ôtait tout pouvoir de parler.

Il était 5 h 20 du matin quand l'interne apparut ; 5 h 30 quand les brancardiers vite convoqués eurent poussé le cadavre à l'extérieur. Et quand, exactement une demi-heure plus tard, les lumières s'éveillèrent dans la salle, les rideaux entourant le lit de feu le colonel Wilfrid Deniston, OBE[1], MC[2], étaient normalement tirés, révélaient les draps lavés de frais, les couvertures changées pliées selon les règles de l'art. Morse eût-il su à quel point le colonel détestait le moindre accord wagnérien, il aurait été quelque peu peiné ; en revanche, savoir que le disparu avait appris par cœur presque toute l'œuvre poétique de A. E. Housman l'aurait fort enchanté.

A 6 h 45, Morse perçut une grande activité dans les parages immédiats de la salle, bien qu'il ne pût d'abord en voir une preuve concrète : voix, entrechoquement de vaisselle, grincements de roues mal huilées — et enfin on vit apparaître Violette, une Antillaise, débonnaire et obèse, qui poussait son chariot de thés. Cela annonçait, à n'en pas douter, un breuvage pré-prandial et Morse s'en enchantait déjà ! Pour la première fois depuis ces derniers jours, il éprouvait un vrai désir de boire et de manger ; il avait déjà noté avec envie les carafes d'eau et les

1. OBE : *(officer of the) Order of the British Empire.*
2. MC : *Military Cross*, Croix de guerre. (*N.d.T.*).

bouteilles de citronnade posées sur les chevets de ses voisins, à l'exception de celui qui se trouvait immédiatement en face, un certain Walter Greenaway, dont le lit était surmonté d'un triste petit écriteau RIEN PAR VOIE ORALE.

— Thé ou café, Mr. Greenaway ?

— Je me contenterai d'un grand gin-tonic, si cela ne vous fait rien.

— Glace et citron ?

— Pas de glace, merci ; ça tue le gin.

Violette passa lourdement au lit suivant, en abandonnant son interlocuteur sans glace, sans rien. Pourtant, l'entrain du sexagénaire ne semblait nullement affecté par cet ostracisme : il fit un joyeux clin d'œil à Morse.

— Ça va, patron ?

— On progresse, fit Morse, prudent.

— Hou ! C'est juste ce que disait le vieux colonel. « On progresse. » Pauvre vieux !

— Je saisis, répondit l'autre, mal à l'aise.

Quand le respect pour les mânes du colonel se fut dissipé dans le regard de Greenaway, Morse reprit :

— Pas de thé pour vous, donc ?

Greenaway secoua la tête.

— Ils savent ce qu'ils font, croyez pas ?

— Vraiment ?

— Superbes — les médecins ici ! Et les infirmières !

Morse hocha la tête, en souhaitant que ce fût le cas.

— Le même problème que moi ? s'enquit Greenaway sur le ton de la confidence.

— Plaît-il ?

— L'estomac, n'est-ce pas ?

— Ulcère, paraît-il.

— Le mien est perforé ! se rengorgea Greenaway comme si l'association du pire mal et des meilleurs médecins était une merveilleuse raison de se féliciter. On m'opère à dix heures — c'est pourquoi on ne m'autorise pas de verre, vous comprenez ?

— Oh !

Pendant quelques secondes, Morse eût voulu lui mettre sous le nez quantité d'énormes ulcères qui seraient non seulement perforés, mais percés et crevés par-dessus le marché. Mais un événement plus important sollicitait son attention, car Violette avait effectué un demi-tour et arrivait (enfin !) près de son lit.

Elle accueillit son nouveau patient avec un sourire enthousiaste.

— Bonjour, Mr. heu... Morse !

(Après avoir consulté les lettres inscrites au feutre sur la fiche.)

— Bonjour ! Je prendrai un peu de café, s'il vous plaît — avec deux cuillerées de sucre.

— Eh ben, eh ben ! *Deux — sucres !*

Les yeux de Violette manquèrent jaillir de leurs paupières fardées ; puis elle se tourna vers Greenaway hilare pour partager la blague avec lui.

— Allons, regardez donc ça ! Pouvez avoir ni café, ni thé, ni sucre non plus. D'accord ?

Elle agita un index brun vers le sommet du lit ; en se contorsionnant, Morse aperçut, derrière la perfusion, un écriteau rectangulaire portant la triste mention RIEN PAR VOIE ORALE.

CHAPITRE III

« Les fleurs, de quoi écrire, des livres sont toujours des cadeaux bienvenus pour les patients ; mais si vous souhaitez apporter de la nourriture ou des boissons, consultez s'il vous plaît l'infirmière principale qui vous dira ce qui convient. »

(*Guide à l'usage des patients et des visiteurs* de l'Oxford Health Authority)

Le sergent Lewis pénétra dans la salle commune juste après 7 heures ce dimanche soir, un sac en plastique Sainsbury à la main, avec l'air coupable d'un petit fraudeur franchissant la douane ; en voyant son vieux complice, Morse se sentit très heureux et légèrement larmoyant.

— Comment saviez-vous que j'étais ici ?

— Je suis un détective, monsieur, vous vous souvenez ?

— On vous a téléphoné, je suppose.

— Le surintendant. Il a dit que vous aviez une

voix atroce quand il a appelé hier. Alors il a envoyé Dixon, mais vous veniez de partir en ambulance. Il m'a fait signe et m'a suggéré d'aller voir si l'Assistance publique valait encore quelque chose — voir si vous aviez besoin de quelque chose.

— Comme une bouteille de whisky, vous voulez dire ?

Lewis ignora la plaisanterie et reprit :

— Je serais venu dès hier soir, mais on m'a dit que vous ne pouviez recevoir d'autre visite que vos proches parents.

— Je vous apprendrai que je ne suis pas tout à fait votre « orphelin d'Auteuil », Lewis. J'ai une grand-tante là-haut du côté d'Alnwick.

— Une petite trotte si elle doit vous rendre visite, monsieur.

— Surtout à quatre-vingt-dix-sept ans...

— Ce n'est pas un mauvais gars, Strange, n'est-ce pas ? suggéra le visiteur après un petit silence légèrement gêné.

— Sûrement, dès qu'on le connaît un peu, admit son chef.

— Vous voulez dire que vous avez appris à le connaître ?

Morse secoua la tête.

— Alors, reprit Lewis gaiement, comment vont les affaires ? Qu'est-ce qui ne va pas, selon eux ?

— Ne va pas ? Tout va bien ! C'est juste une erreur d'identité.

— Allons, sérieusement ? fit Lewis en souriant.

— Sérieusement ? Eh bien, ils m'ont mis à un régime de grosses pilules rondes et blanches qui coûtent deux livres pièce, si l'on en croit les infirmières. Est-ce que vous vous rendez compte que vous pouvez avoir une petite bouteille de bordeaux tout à fait correcte pour ce prix ?

— Et la nourriture ? Est-elle convenable ?

— La nourriture ? *Quelle* nourriture ? A part les pilules, ils ne m'ont rien donné.

— Rien à boire, non plus ?

— Seriez-vous en train de mettre en péril mon rétablissement, Lewis ?

— Et ça ? Qu'est-ce que *ça* veut dire ? fit ce dernier en tournant les yeux vers la lugubre pancarte.

— Une précaution, rien d'autre, répondit Morse avec une nonchalance peu convaincante.

Les yeux de Lewis revinrent se poser à ses pieds, sur le sac en plastique.

— Eh bien, mon vieux ; qu'est-ce que vous m'apportez ?

Lewis fourra la main dans le sac et en extirpa une bouteille de sirop d'orgeat, au ravissement manifeste de son patron.

— La patronne avait raison, à savoir que vous n'auriez pas le droit de boire — de boire grand-chose.

— Très gentil à elle ! Dites-lui qu'étant donné la situation, je préfère avoir une bouteille de ce breuvage plutôt qu'une caisse entière de whisky.

— Vous n'êtes pas sérieux, n'est-ce pas, monsieur ?

— Que cela ne vous empêche pas de le lui répéter, malgré tout !

— Et voici un livre, ajouta son visiteur en tirant un autre article du sac, un livre intitulé *Balance de l'injustice : Étude comparée des crimes et de leurs peines dans le comté de Shropshire 1842-1852.*

Morse s'empara de l'épais volume et considéra

son titre démesurément long, bien que sans excès d'enthousiasme.

— Hum ! Cela m'a l'air bien intéressant.

— Vous n'êtes pas sincère, hein ?

— Non.

— C'est un bien familial, en quelque sorte, et la patronne s'est dit...

— Assurez votre merveilleuse patronne que j'en suis très satisfait.

— Vous voudrez peut-être me rendre le service de le donner à la bibliothèque de l'hôpital quand vous sortirez ?

Morse se mit à rire doucement ; réaction qui, curieusement, enchanta Lewis, dont le sourire s'épanouit.

Il souriait encore quand une jeune infirmière, d'une beauté sidérante, au visage couvert de taches de rousseur et aux cheveux reflets d'acajou, s'avança vers Morse en agitant un doigt accusateur. Elle découvrit une dentition splendide, blanche et régulière pour parodier la désapprobation en indiquant la bouteille de sirop d'orgeat déposée sur la table de chevet. A son tour, le fautif hocha la tête pour signifier qu'il comprenait parfaitement et montra des dents à peu près régulières, quoique d'un blanc cassé, pour articuler un « d'accord » muet.

— Qui est-ce ? chuchota Lewis quand elle eut passé son chemin.

— Ça, Lewis, c'est la Belle Fiona. Jolie, ne trouvez-vous pas ? Je me demande parfois comment les médecins arrivent à ne pas poser leurs sales pattes sur elle.

— Peut-être qu'ils n'y arrivent pas.

— Et moi qui croyais que vous veniez ici pour me redonner le moral !

Mais celui-ci semblait leur manquer, pour l'instant. La surveillante (que Lewis n'avait pas remarquée à son entrée — car il était allé droit vers le lit, comme le faisait, croyait-il, tout le monde) n'avait rien perdu des événements de la salle tout entière et son œil de dragon s'était notamment concentré sur les environs du lit où gisait l'inspecteur principal déshydraté. D'un pas décidé elle quitta son point de vue privilégié, son estrade, pour le rejoindre. De la main gauche, elle s'empara aussitôt de l'objet scandaleux posé sur le chevet tout en fixant le malheureux Lewis.

— Nous avons un règlement dans cet hôpital — un exemplaire en est inscrit à l'extérieur de cette salle. Je serais heureuse que vous observiez ces règles et me consultiez, moi ou la personne responsable, si vous avez l'intention de revenir. Il est absolument vital que nous ayons des règles et que nous les suivions — essayez de le comprendre ! Votre ami est en mauvais état et nous faisons de notre mieux pour hâter sa guérison. Mais nous n'y arriverons pas si vous apportez tout ce qui *vous* paraît bon pour lui, parce qu'à tous les coups vous choisirez ce qu'il y a de pire, d'accord ? Je suis sûre que vous avez compris ce que je veux dire.

Elle parlait avec un doux accent écossais, cette infirmière au visage lugubre, aux lèvres pincées, dont l'uniforme bleu marine était maintenu par une boucle d'argent ; quant à Lewis, ses joues pâles soudain empourprées, il semblait fort mal à l'aise au moment où elle se détourna — et s'en alla. Morse, lui-même, parut étrangement rabroué et silencieux, pendant quelques instants.

— Qui est-ce ? fit Lewis, pour la deuxième fois ce soir-là.

— Vous venez de vous heurter à la triste figure de notre surveillante, qui se voue à un idéal d'efficacité dénuée de tout humour : une sorte de calviniste à la Thatcher.

— Et ce qu'elle dit... ?

Morse de hocher la tête :

— Elle dirige les opérations, mon cher Lewis, ainsi que vous l'avez probablement deviné.

— Cela ne l'oblige pas à être aussi *sèche*, non ?

— *N'y pensez plus*, Lewis ! C'est probablement une refoulée ou quelque chose de ce genre. Pas étonnant avec un visage...

— Comment s'appelle-t-elle ?

— On l'appelle « Nessie ».

— Est-elle née près du loch Ness ?

— *Dedans*, Lewis.

Les deux hommes rirent un peu ; cela n'enlevait rien au déplaisant de l'incident que Lewis trouvait particulièrement difficile à oublier. Pendant cinq minutes encore, il interrogea Morse sur les autres malades ; son chef lui apprit la disparition à l'aube de l'ancien soldat des Indes. Pendant cinq autres minutes, les deux hommes échangèrent quelques remarques sur le poste de police de Kidlington ; sur la famille Lewis ; sur les chances plus que réduites de l'Oxford United dans la saison de football en cours. Mais rien n'arrivait à effacer l'ombre jetée par cette foutue bonne femme (comme disait Morse) sur la soirée et sur Lewis, à n'en pas douter. Morse lui-même se sentait brusquement fiévreux et en sueur et (oui, franchement) un tout petit peu las de cette conversation.

— Je crois qu'il faut que je m'en aille, monsieur.

— Qu'avez-vous d'autre dans ce sac ?

— Rien...

— Lewis ! Mon estomac n'est peut-être plus en état de fonctionner pour l'instant mais mes fichues oreilles se portent à merveille !

Lentement, le front du visiteur se dérida et, après avoir bien regardé autour de lui, il jugea que la préposée au contrôle avait suffisamment relâché son attention et extirpa du sac une petite bouteille plate, enveloppée dans un papier pelure bleu marine — très semblable à l'uniforme de Nessie.

— Mais pas avant d'avoir le *droit* ! souffla Lewis en fourrant en douce le cadeau dans la main du malade sous les draps.

— Du Bell ? s'enquit Morse.

Lewis hocha la tête.

Heure exquise.

Pour l'instant, cependant, une sonnerie attirait l'attention de tous : les visiteurs se levèrent et commencèrent de faire leurs adieux ; certains peut-être malgré eux ; la plupart en déguisant à peine leur soulagement. En se levant, Lewis plongea une fois encore la main dans son sac et en tira sa dernière offrande : un livre de poche intitulé *Le Billet bleu*, orné de l'image provocante d'une nymphette légèrement habillée.

— J'ai pensé... j'ai pensé que vous apprécieriez quelque chose d'un peu plus léger, chef. La patronne ne sait pas que...

— J'espère qu'elle n'a jamais su que vous lisiez ce genre de sottises, Lewis !

— Ne l'ai pas *encore* lu, chef.

— Eh bien, le, heu..., titre est un peu plus court que l'autre...

Lewis approuva et ils échangèrent un sourire de connivence.

— L'heure de partir, je le crains !

La Belle Fiona leur souriait, surtout, semblait-il, au visiteur et dissipait de la sorte tous les nuages pesant sur sa carte du ciel.

Morse était satisfait, lui, de se retrouver seul ; quand la salle eut perdu son dernier intrus, le système hospitalier se réorienta lentement, inexorablement, vers le soin et le traitement des malades.

Après de nouveaux contrôles de son pouls et de sa tension artérielle, après l'absorption de nouveaux médicaments, Morse eut enfin l'occasion (subreptice) de lire la quatrième du second ouvrage littéraire (d'un certain genre du moins) qui était à présent en sa possession :

« Se jetant à l'eau, le jeune Steve Mingella est parvenu à ramener le corps de la petite fille sur le bateau de location en lui appliquant sa version maladroite du bouche à bouche. Miraculeusement, la fillette de six ans survit et Steve devient le héros de nombreux clubs nautiques sur les cayes de Floride. De retour à New York, il reçoit une lettre — à laquelle est joint un billet — du père de la fillette, séduisant propriétaire de la boîte de nuit la plus privée, la plus chère et la plus exotique de la ville, un endroit spécialisé dans les fantasmes sexuels les plus débridés. Le livre s'ouvre sur l'arrivée de Steve dans ce pays des merveilles érotiques, dont il foule avec méfiance l'épais tapis, et qui montre à la blonde réceptionniste aux seins nus le billet reçu — *un billet du bleu marine le plus profond...* »

CHAPITRE IV

« Mes visiteurs du soir, s'ils ne peuvent voir l'horloge, devraient lire l'heure sur mon visage. »

(Emerson, *Autobiographie d'après son journal intime*)

Une demi-heure après le départ de Lewis, Fiona revint au chevet de Morse et lui demanda de dénouer la ceinture de son pyjama, de se mettre sur le flanc gauche et d'exposer sa fesse droite. Lesquels ordres ayant été obéis (comme disait Morse quand il étudiait les langues anciennes) on appela la sévère Nessie pour qu'elle lui injecte une piqûre de liquide incolore. Cette injection (Morse ne pouvait rien distinguer par-dessus l'épaule) lui semblait avoir été accomplie de manière assez peu professionnelle ; il s'entendit grommeler « Seigneur ! » quand elle appuya sur le piston, tandis que son corps tressaillait involontairement sous l'effet de la barre de fer qu'il avait l'impression de sentir plonger dans sa fesse.

— Vous allez vous sentir un peu somnolent, avertit laconiquement le monstre du loch Ness.

Fiona se vit confier le soin de verser un peu de

désinfectant sur un morceau de gaze qu'elle entreprit de frotter vigoureusement sur la région piquée.

— Elle aurait facilement trouvé une belle situation à Buchenwald, cette bonne femme ! lança le patient.

Mais l'expression interloquée de la jeune infirmière lui fit comprendre que les camps de concentration nazis représentaient pour elle un passé aussi reculé que la délivrance de Mafeking ; et il pensa à son âge. Quarante-quatre ans avaient passé depuis la fin de la Seconde Guerre mondiale... et cette jeune... infirmière... ne pouvait avoir... Morse se sentait très las, très fatigué.

— Ce que je veux dire, c'est... (il remonta son pantalon avec quelque difficulté)... qu'elle est si... sèche ! (Oui, Lewis avait employé ce mot.)

— Mais savez-vous que c'était ma toute première piqûre ? Pardon si je vous ai un peu fait mal — je ferai mieux la prochaine fois.

— Je pensais que c'était...

— Oui, je sais, fit-elle en lui souriant.

Les paupières de Morse tombèrent lourdement sur ses yeux fatigués. Nessie avait dit qu'il se sentirait un petit peu... fatigué...

Sa tête retomba sur sa poitrine et Fiona l'installa sur les oreillers en le regardant tendrement — en se demandant, pour la douzième fois de sa vie, pourquoi tous les hommes qui l'attiraient étaient mariés depuis fort longtemps ou bien beaucoup trop vieux.

Morse sentait une main douce se poser sur son poignet droit : ouvrant les yeux, il vit un visage extraordinaire : celui d'une toute petite femme, de soixante-quinze ou quatre-vingts printemps, au visage plutôt laid et profondément ridé, un sonotone vieillot de la Sécurité sociale enfoncé dans l'oreille gauche, relié par un cordon à un dispositif d'alimentation fourré dans la poche d'un cardigan de laine gris, sale et déformé.

Naïvement, elle ne songeait pas à s'excuser le moins du monde de réveiller un patient fatigué. Qui était-elle ? Qui l'avait laissée entrer ? Il était 9 h 45 d'après l'horloge de la salle et deux infirmières de nuit étaient de garde. « Va-t'en ! Va-t'en, espèce de stupide vieille truie ! »

— Mr. Horse ? Mr. Horse, n'est-ce pas ?

Ses yeux chassieux de myope louchaient sur l'étiquette en plastique portant son nom et sa bouche découvrait un sourire de dentier.

— Morse ! répliqua ce dernier : M-O...

— Vous savez, j'ai l'impression qu'ils ont fait une erreur dans votre nom, Mr. Horse. Il faut que je songe à le leur dire...

— Morse ! M-O-R-S-E !

— Oui... mais on s'y attendait, vous savez. Ils m'avaient déjà prévenue que Wilfrid n'avait plus que quelques jours à vivre. Et nous nous faisons tous vieux, n'est-ce pas ? Plus vieux de jour en jour.

« Oui, oui, fichez le camp ! Je suis foutrement fatigué, vous ne voyez pas ? »

— Il *aimait* être ici, vous savez. Il vous était si reconnaissant, à tous...

— J'ai bien peur de n'être arrivé que depuis deux jours...

— C'est justement pour cela qu'il voulait que je vous remercie *tous* — tous ses vieux amis ici.

Elle parlait d'une manière précise, guindée, avec la diction d'un professeur de latin à la retraite.

— C'était un excellent homme... commença le malheureux patient ; j'aimerais l'avoir mieux connu. Cependant, comme je viens de vous le dire, je ne suis arrivé que depuis un ou deux jours — problèmes d'estomac — rien de grave...

Le sonotone se mit à siffler de manière suraiguë, sous l'effet de quelque parasite interne, et la vieille dame tripota l'appareil et les boutons, mais en vain.

— Et c'est *pourquoi*, reprit-elle commençant d'appuyer sur certains mots, je vous ai apporté ce petit *livre*. Il en était *si* fier. Non pas qu'il osât le *dire*, bien sûr — mais il l'*était*. Ce travail l'a occupé pendant très longtemps et ce fut un *très* beau jour pour lui que celui de sa publication.

L'inspecteur hocha la tête avec gratitude tandis qu'elle lui remettait un petit livre sous une couverture vert bouteille.

— C'est très gentil à vous parce que, comme je viens de le dire, je suis un tout nouvel arrivant...

— Wilfrid aurait été *si* content !

« Oh ! seigneur ! »

— Et vous me promettez de le lire, n'est-ce pas ?

— Mais oui — certainement !

La vieille dame tripota une fois de plus son sonotone, sourit de l'air désarmé d'un ange égaré, fit « Au revoir, Mr. Horse ! » et s'en fut exprimer son éternelle gratitude à l'occupant du lit adjacent.

Morse jeta un coup d'œil au mince volume qu'on venait de lui offrir ; il ne pouvait renfermer plus de — disons — une vingtaine de pages. Certes, il le regarderait plus tard, comme promis. Demain, peut-être. Pour l'heure, il n'aspirait à rien d'autre qu'à fermer ses yeux, las une fois de plus, et il déposa *Meurtre sur le canal d'Oxford*, de Wilfrid M. Deniston, à l'intérieur de sa table de chevet, sur *Balance de l'injustice* et *Le Billet bleu* — la trilogie récemment acquise. Demain, oui...

Presque aussitôt, il sombra dans un profond sommeil et rêva d'une longue course à pied à travers les champs de son enfance, où siégeait, au loin, sur la ligne d'arrivée, une blonde aux seins nus, une boucle d'argent serrant sa ceinture, une pinte de bière mousseuse, aguicheuse, dans la main gauche.

CHAPITRE V

> « Ce genre de littérature jouit parfois du pouvoir léthéen de faire oublier au lecteur ce qu'elle veut dire, et même de celui de l'inciter à se demander si elle a un sens à peu près cohérent. »
>
> (Alfred Austin, *Le Dressage de Pégase*)

L'endoscopie pratiquée sous anesthésie locale à 10 heures le lendemain matin (lundi) persuada les chirurgiens de la deuxième unité de l'hôpital que le bistouri était sans doute inutile dans le cas de ce patient ; leur pronostic était de même modérément encourageant, pourvu que le patient adoptât un régime plus sobre, prudent et raisonnable pour les mois (et les années) à venir. En outre, gage de leur optimisme tacite, on devait permettre ce même soir au malade un demi-bol de bouillon de bœuf et une part de glace à la vanille — or, pour notre ami, on eût difficilement trouvé menu *à la carte*[1] plus glorieusement accueilli.

1. En français dans le texte. (*N.d.T.*)

Lewis se présenta à la surveillante Maclean à 7 h 30 du soir et reçut, sans un sourire, l'ordre de continuer son chemin sans avoir à déclarer au contrôle une carte de prompt rétablissement (de la part de la secrétaire de Morse), un tube de dentifrice à la menthe (de Mrs. Lewis) et une serviette propre (même provenance). Les deux hommes bavardèrent à bâtons rompus pendant dix minutes environ et Lewis eut la vive impression que son chef se rétablissait rapidement.

La Belle Fiona apparut brièvement vers la fin de la visite, pour redresser l'oreiller et déposer une carafe d'eau fraîche à son chevet.

— Jolie fille, risqua Lewis.

— Vous êtes marié — vous vous en souvenez ?

— Avez-vous pu avancer dans votre lecture ? lança le visiteur en regardant la table de nuit.

— Pourquoi cette question ?

— C'est la patronne, répliqua Lewis. Elle se demandait...

— J'en ai lu la moitié, dites-le-lui. Fascinante lecture !

— Vous plaisantez...

— Savez-vous orthographier « fascinante » ?

— Quoi... vous voulez dire un ou deux *t* ?

— Et savez-vous ce que sont des « tabourets » ?

— Les choses sur quoi l'on s'assoit ?

Morse partit d'un éclat de rire — un rire sincère, insouciant, indolore. C'était agréable d'avoir la visite de Lewis ; et ce dernier, un peu intrigué, était heureux de trouver le malade de si bonne humeur.

Tout à coup, la surveillante Maclean se matérialisa à côté du lit pour border le coin inférieur droit des couvertures.

— Qui a apporté la carafe d'eau ? s'enquit-elle de sa voix douce et terrifiante.

— Ce n'est pas grave, commença Morse, le docteur a dit...

— Infirmière Welch !

L'appel était tout à fait audible dans la salle : Lewis fixait le sol, navré et embarrassé, tandis que l'infirmière stagiaire Welch s'avançait vers le lit de l'inspecteur pour être fermement tancée par sa supérieure. Le libre usage des liquides ne serait effectif qu'à partir du lendemain matin — *pas avant*. La stagiaire n'avait-elle pas lu les instructions avant de faire sa tournée de carafes ? Dans le cas contraire, ne savait-elle pas qu'aucun hôpital ne pouvait fonctionner correctement avec un tel laisser-aller ? Si cela n'était pas grave en la circonstance, la stagiaire ne comprenait-elle pas que cela pourrait être d'une importance *vitale* la prochaine fois ?

Nouveau petit incident écœurant ; et qui laissait Lewis très déstabilisé quand il salua son chef quelques instants plus tard. Morse, quant à lui, n'avait rien dit sur le moment et ne disait toujours rien. Il songeait seulement qu'il n'aurait jamais réprimandé le moindre membre de son équipe d'une manière aussi cavalière en présence d'autres gens ; sur quoi, non sans amertume, il se rappela qu'il avait fort souvent agi de la sorte... Il aurait volontiers échangé quelques mots anodins avec la pauvre Fiona rabrouée avant qu'elle ne rentre chez elle.

Il ne restait pratiquement plus personne dans la salle, à présent : l'athlète éthiopien faisait son tour d'hôpital, une fois de plus ; deux autres patients s'étaient rendus aux toilettes à pas traînants. Seule une femme d'environ trente ans, une blonde mince et séduisante (la fille de Walter Greenaway, supposa — justement — l'inspecteur), se tenait encore au chevet de son père. Elle avait lancé un rapide coup d'œil à Morse à son entrée, mais c'est à peine si elle paraissait le voir tandis qu'elle repartait et appuyait sur le bouton « descente » des ascenseurs au dernier étage. Ses pensées allaient toutes à son père, et elle ne consacra qu'une brève attention à cet homme dont le nom semblait être « Morse », dont les yeux l'avaient suivie avec un intérêt évident au moment de son départ.

Il était 20 h 40.

Un tout petit peu confus de n'avoir même pas encore ouvert le précieux ouvrage que Mrs. Lewis avait abandonné à sa garde, Morse s'empara du livre et parcourut le premier paragraphe :

« La diversité, et non l'uniformité, a presque toujours paru caractériser les comportements criminels de toute société en voie de développement technologique. Vouloir résoudre tout conflit et/ou incohérence pouvant résulter de l'analyse ou interprétation de ce type de comportements (voir l'appendice 3, page 492 et suivantes) est capital ; la réinterprétation inévitable de ces données perpétuellement variables constitue la donnée brute de plusieurs études récentes des causes du comportement criminel. Pourtant, des choix stratégiques contradictoires au sein de zones hétérogènes, des dogmes irréconciliables, une plus grande connaissance des résultats économiques les plus divers, de même que celle des particularismes physiques, physiologiques ou physionomiques — tous ces faits (nous le prouverons) peuvent indiquer de nouvelles voies de recherches encore inexplorées dans leur globalité par l'étudiant du comportement criminel dans l'Angleterre du XIXe siècle. »

— Seigneur ! marmonna Morse (pour la deuxième fois, ce soir-là).

Quelques années plus tôt, il aurait peut-être songé à décrypter ce jargon incompréhensible. Plus aujourd'hui. S'interrompant un instant pour se gausser de l'idiotie de l'éditeur qui avait permis qu'un amphigouri aussi ampoulé parvienne ne fût-ce qu'au typographe, il referma sèchement l'épais volume — en se promettant de ne plus le rouvrir.

Le hasard devait en fait l'amener à enfreindre très vite cette promesse ; pour l'heure, une proposition plus séduisante l'attendait dans la table de chevet : le livre de poche pornographique que Lewis (Dieu merci !) avait réussi à faire passer.

Une traînée jaune sur la couverture luisante annonçait au lecteur un désir torride et une sensualité primitive — annonce étayée par le dessin d'une beauté superbe et opulente bronzant sur le sable chaud de quelque île des mers du Sud, entièrement nue à l'exception d'un collier de perles locales. Morse ouvrit le livre et parcourut (mais en le savourant davantage) son deuxième paragraphe de la soirée. Il tomba sur un style anglais direct, précis, qui remporterait à tout coup la palme sur les sottises sociologiques éculées, redondantes, qu'il avait trouvées précédemment :

« Elle sortit de la piscine et commença de déboutonner son chemisier collant, détrempé. Alors tous les jeunes gens se turent, la priant — la suppliant ! —, chœur inaudible et assourdissant de se dépouiller rapidement et totalement — leurs yeux maintenant rivés sur les extrémités carminées de ses doigts minces et insidieux, glissés sous le chemisier, qui dégageaient, si lentement, si excitants, un autre bouton... »

— Seigneur ! fit Morse pour la troisième fois, mais avec une véhémence blasphématoire inédite.

Il se renfonça dans ses oreillers avec un sourire satisfait, enchanté à la perspective des deux heures d'excitation délicieuse qui s'ouvraient pour lui le lendemain matin. Il était facile de replier cette couverture et il ne serait pas très compliqué d'adopter temporairement l'expression d'un étudiant de théologie plongé dans la lecture de certains poèmes des livres sapientaux. Mais quoi qu'il en fût, les chances que l'inspecteur principal Morse eût d'être un jour informé du crime et de son châtiment dans le comté de Shropshire au XIXe siècle semblaient réduites à zéro.

Du moins pour l'instant.

Il reposa *Le Billet bleu* dans la table de chevet, sur *Balance de l'injustice* — les deux livres recouvrant à présent *Meurtre sur le canal d'Oxford*, ce petit volume imprimé à compte d'auteur sous les auspices de la Société d'Histoire locale du comté d'Oxford, jusqu'ici négligé.

Tout en s'assoupissant, Morse continuait de se demander s'il y avait ou pas un mot mal orthographié dans le bref paragraphe lu un peu plus tôt. Il vérifierait dans le *Chambers*[1] à son retour. Lewis n'avait pas semblé sûr, lui non plus...

1. Dictionnaire. (*N.d.T.*)

CHAPITRE VI

« J'aime la convalescence. C'est la période qui donne son prix à la maladie. »

(G. B. Shaw, *Retour à Mathusalem*)

A 2 heures du matin, l'inévitable se produisit ; par bonheur, Morse réussit à attirer l'attention rapide de l'infirmière qui ondoyait comme une bonne fée dans les salles obscures. Les rideaux tirés autour de son lit firent un bruit à réveiller les morts. Pourtant, aucun de ses voisins ne bougeait, apparemment, et quant à elle — charmante fille ! — elle avait été vraiment adorable.

— Je ne sais même pas dans quel sens il faut mettre ça, avoua Morse.

— De quel côté, vous voulez dire ! avait chuchoté Eileen tout en expliquant, sans le moindre embarras, comment le patient bien entraîné affrontait cette passe difficile.

Puis, lui laissant un demi-rouleau de papier toilette blanc, avec la promesse d'un retour dans dix minutes, elle se retira.

Tout était réglé — terminé avec une cuvette d'eau chaude et une brève vaporisation de désodorisant. Ouf ! Beaucoup moins désagréable qu'il l'avait craint — grâce à cette fille envoyée du ciel ; et, lui souriant avec reconnaissance, il crut apercevoir dans ses yeux un regard transgressant la limite des soins infirmiers ordinaires. Mais il l'aurait vu dans tous les cas ; il faisait partie de ces gens qui ont un vif besoin de fabuler : son imagination suivit la gracile Eileen tandis qu'elle s'éloignait élégamment ; environ 1,72 mètre de haut — vraiment grande, en fait ; vingt-cinq ans peut-être ; les yeux vert-noisette, sur un visage aux traits délicats, aux pommettes saillantes ; pas la moindre alliance au doigt. Elle semblait si bonne, si pure, dans son uniforme blanc à galons bleu marine.

Dors, Morse !

A 7 h 30, après un petit déjeuner composé d'une seule gaufrette de Weetabix noyée dans un peu de lait demi-écrémé — pas assez et sans sucre —, Morse remarqua avec plaisir que l'embargo du RIEN PAR VOIE ORALE était désormais levé et il se versa un verre d'eau, tout à la joie de l'otage libéré. Suivirent ensuite la routine de la prise de tension et du pouls, la toilette faite au lit avec une cuvette, son lit retapé, une carafe d'eau fraîche supplémentaire (!), quelques propos de séducteur adressés à Fiona, l'achat du *Times*, une tasse de bouillon cube remise par la pétillante Violette, tout cela (par bonheur) sans que l'éminence grise juchée sur l'estrade du pouvoir ne vienne jeter un bâton dans les roues du dispositif hospitalier.

A 10 h 50, un cortège de blouses blanches, chef de

service et stagiaires, vint entourer son lit pour évaluer les progrès de son occupant. Le responsable, après avoir jeté un bref coup d'œil sur la fiche, considéra Morse d'un air assez malveillant.

— Comment vous sentez-vous ce matin ?

— Je pense vivre encore quelques semaines supplémentaires — grâce à vous, répondit Morse, prodiguant la flatterie d'une manière un peu écœurante.

— Vous mentionnez ici votre consommation d'alcool, reprit le médecin, apparemment peu reconnaissant du douteux compliment.

— Oui ?

— Vous buvez beaucoup.

C'était une affirmation.

— Vous trouvez que c'est beaucoup ?

En soupirant, le chef de service referma le dossier pour le rendre à Nessie.

— Ma longue expérience médicale, Mr. Morse, m'a appris qu'il y a deux catégories de statistiques dont on peut facilement ne tenir aucun compte : les prouesses sexuelles des personnes souffrant de diabète sucré et la manière dont se suivent les classes moyennes de ce pays.

— Je ne suis pas diabétique.

— Vous le deviendrez si vous continuez à boire une bouteille de scotch par semaine.

— Eh bien... peut-être pas *toutes* les semaines.

— Vous voulez dire qu'il vous arrive d'en boire deux, n'est-ce pas ?

L'œil du médecin pétillait de malice tandis qu'il faisait signe à son escorte de passer au lit suivant, celui du faible Greenaway, avant de s'asseoir sur celui de Morse.

— Vous avez déjà pris une goutte ?

— Une goutte de quoi ?

— C'est terriblement traître, vous savez (le chef de service indiqua la table de chevet), ce papier pelure.

— Oh !

— Pas *ce soir* — d'accord ?

Morse hocha la tête.

— Et encore un conseil : attendez que la surveillante ait quitté son service !

— Elle m'écorcherait vif ! marmonna Morse.

Le médecin jeta un coup d'œil bizarre à son patient.

— En effet, comme vous dites. Mais je ne pensais pas à cela.

— Quelque chose de pire ?

— C'est peut-être le plus terrible dragon des vieilles bonnes femmes de sa corporation ; mais n'oubliez pas qu'elle vient du Nord.

— En d'autres termes ?

— Elle tirerait (le médecin se pencha pour lui chuchoter à l'oreille), elle tirerait probablement les rideaux et insisterait pour avoir part égale !

Morse commençait à se sentir plus à son aise ; après vingt minutes consacrées au *Times* (lecture des lettres au rédacteur en chef, mots croisés terminés) il replia d'une seule main la couverture du *Billet bleu* et, s'installant confortablement contre son oreiller, commença le premier chapitre.

— Bon livre ?

— Pas mal !

Rien ne l'avait averti de la présence de Fiona, et Morse haussa les épaules d'un air anodin, en serrant fermement les pages de la main gauche.

— Comment ça s'appelle ?

— Heu... *Le Machin bleu... La Ville bleue.*

— Roman policier, n'est-ce pas ? Je crois que ma mère l'a lu.

Morse hocha la tête, gêné.

— Et *vous*, lisez-vous beaucoup ?

— Cela m'arrivait, quand j'étais jeune et belle.

— Ce matin ?

— Redressez-vous !

Il se pencha en avant tandis qu'elle donnait quelques bourrades à ses oreillers avant de continuer sa tournée.

— Jolie fille, n'est-ce pas ?

La remarque, cette fois, n'était pas de Lewis mais du pauvre Greenaway, dont l'état s'était beaucoup amélioré et qui lisait, lui, un livre au titre bien en évidence : *L'Age de la vapeur.*

Morse fourra son propre roman aussi discrètement que possible dans sa table de nuit : il était assez décevant, de toute façon.

— *Le Billet bleu* — ça s'appelle comme ça, remarqua Greenaway.

— Plaît-il ?

— Vous vous êtes trompé en disant le titre — c'est *Le Billet bleu.*

— Vraiment ? Oh oui ! Heu, je suppose que je ne me suis pas donné la peine de le lire.

— Pour la même raison que moi, je parie. Vous espériez un peu de sexe de loin en loin.

Vaincu, Morse sourit.

— Ça ne répond pas vraiment à l'attente, poursuivit son voisin, avec sa voix de stentor, si embarrassante ; ma fille m'apporte de temps en temps ce genre de bouquins.

— C'était elle, hier soir ?

— Bibliothécaire depuis l'âge de dix-huit ans, opina l'autre ; à la Bodléienne depuis six ans.

Morse écouta patiemment quelques statistiques bien connues sur le kilométrage des rayons dans les magasins souterrains de la bibliothèque ; il commençait d'apprendre le *curriculum vitae* de la jeune femme quand les femmes de ménage interrompirent le monologue de son voisin en déplaçant les lits de manière assez brutale ou en essorant leurs serpillières dans des seaux à peine remplis d'eau.

A 13 h 30, après ce qui lui avait paru être un fort piètre déjeuner, on informa notre malade qu'il serait promené durant l'après-midi dans divers services pour y subir des examens ; pour cette raison, on lui ôterait temporairement la perfusion. Quand un brancardier l'installa enfin dans un fauteuil roulant, Morse eut l'impression indubitable d'avoir gravi un degré ou deux dans l'échelle de la convalescence.

Il ne revint pas avant 15 h 30, las, impatient et assoiffé — en ordre inverse de gravité. Brutalement, et pourtant sans lui faire mal, la taciturne Nessie lui avait installé une nouvelle perfusion dans le poignet droit, juste avant de cesser son service ; en pleine ligne de mire d'un Greenaway désormais bien réveillé, Morse se dit qu'il fallait remettre à un peu plus tard les fantasmes sexuels de Steve Mingella. Quand une petite Anglaise au visage mesquin (sans doute la stagiaire de Violette) eut extrait de sa soupière juste assez de liquide visqueux pour recouvrir le fond de son bol de soupe, l'euphorie de naguère avait presque entièrement quitté l'inspecteur. Il ne recevrait même pas la visite de Lewis ce soir-là —

car ce dernier (ainsi qu'il l'en avait averti) sortait sa patronne pour quelque anniversaire (non précisé). A 19 h 5, il réussit à disposer ses écouteurs pour suivre les *Archers* ; à 19 h 20, il décidait de plonger dans le *magnum opus* du colonel. A 19 h 30, il était si captivé que ce fut seulement après avoir fini la première partie qu'il remarqua l'arrivée de Christine Greenaway, la belle blonde de la Bodléienne.

CHAPITRE VII

Meurtre sur le canal d'Oxford

L'auteur souhaite rendre hommage aux diverses institutions qui ne lui ont pas ménagé leur aide ; notamment à la bibliothèque Bodléienne d'Oxford ; aux comptes rendus de la North Oxford Local History Society ; aux *Registres d'Assises* de la ville d'Oxford en 1859 et 1860.

On trouvera d'autres détails des procès décrits dans les pages suivantes dans les éditions du *Jackson's Oxford Journal* des 20 et 27 août 1859 et celles des 15 et 22 avril 1860.

Première partie

Un équipage dissolu

Ceux qui explorent les venelles dérobées et les sentes peu fréquentées de nos grandes villes — voire de nos petites villes — trébuchent parfois (presque littéralement) sur de tristes mémoriaux cachés dans des cimetières négligés — des cimetières qui paraissent entièrement isolés de tout édifice ecclésiastique, sur lesquels on tombe par hasard à l'extrémité de murs en brique rouge ou qui sont écrasés par de hautes maisons — abandonnés, silencieux, oubliés. Il y a peu, on pouvait encore trouver un tel cimetière à l'extrémité de la jolie petite avenue du nord d'Oxford, aujourd'hui rebaptisée Middle Way, qui relie la rangée des boutiques de Summertown dans South Parade aux demeures chères et élégantes de Squitchey Lane, vers le nord. Au début des années 60, on déplaça la plupart des stèles mal alignées de ce cimetière paroissial de Summertown (tel était son nom officiel) de leurs emplacements originels, supra-corporels, pour rendre l'endroit moins lugubre aux yeux des acheteurs présomptifs des appartements en construction sur cette zone fort élégante quoiqu'un peu sinistre. Chacun, jadis, avait été couché dans sa petite cellule et chacun y demeurerait ; pourtant, personne n'eût pu identifier avec certitude la moindre tombe après 1963.

Les quelques pierres tombales soigneusement préservées et qu'on trouve — aujourd'hui encore — presque toutes dressées contre l'enceinte nord de la susdite enclave ne représentent qu'un dixième environ des stèles d'autrefois, choisies dans les deuxième et troisième quarts du XIXe siècle par des parents ou amis qui souhaitaient ardemment commémorer le nom de ces âmes, à présent connues de Dieu seul, peut-être, et dont l'existence terrestre s'écoula dans Sa foi et Sa crainte.

L'une de ces pierres, dalle calcaire moussue (la plus éloignée, trois autres exceptées, du carrefour actuel), comporte une épitaphe que l'œil exercé de l'épigraphiste patient pourrait retracer ; bien qu'il doive se hâter s'il veut déchiffrer cette inscription désintégrée !

A la mémoire de
JOANNA FRANKS
épouse de Charles Franks de Londres,
qui, bestialement et cruellement
attaquée, fut trouvée très tragiquement
noyée dans le canal d'Oxford, le 14 juin 1859,
à l'âge de 38 ans.
Cette pierre est érigée
par quelques paroissiens de Summertown
pour commémorer la mort précoce
de cette très malheureuse femme.
Seigneur, aie pitié de son âme

Requiescat in Pace Aeterna

Derrière cette épitaphe émouvante (en dépit de son inhabituelle longueur) gît la tragédie du désir sans frein et de la dépravation ivrogne ; l'histoire d'une jeune infortunée désemparée qui se trouva à la merci de bateliers grossiers réputés pour leur brutalité, pendant un épouvantable voyage accompli il y a près de cent vingt ans — un voyage dont les détails forment le sujet de mon récit.

Joanna Franks venait originellement de Derby. Son père, Daniel Carrick, était accrédité comme représentant de la Nottinghamshire et Midlands Friendly Society ; il semble avoir su conserver une bonne situation et l'estime de son entourage durant l'essentiel de sa vie d'époux. Plus tard, cependant — et certainement pendant les quelques années précédant la mort tragique de sa seule fille (il avait un fils cadet, Daniel), il traversa des moments difficiles.

Le premier mari de Joanna s'appelait F.T. Donavan, dont la famille venait du comté de Meath en Irlande. Un contemporain le décrit comme un « Irlandais aux multiples talents » et l'on nous dit qu'homme corpulent, il était familièrement surnommé « Hefty[1] » Donavan, Donavan « le costaud ». C'était un magicien (notamment !) qui se produisait dans de nombreux théâtres et music-halls, tant à Londres qu'en province. Pour se faire la publicité dont il avait un besoin pressant, il avait à une date inconnue adopté le titre splendidement grandiloquent d'« Empereur de tous les Illusionnistes » ; il fit aussi imprimer à ses frais le programme suivant de théâtre pour annoncer son numéro au music-hall de la ville de Nottingham, début septembre 1856 :

« Mr. DONAVAN, citoyen du Monde et d'Irlande,

1. *Hefty*, qui signifie « costaud », peut correspondre à la prononciation des lettres *f* et *t* en anglais. (*N.d.T.*)

informe très humblement et respectueusement tous les membres de la haute et basse noblesse, les propriétaires terriens et les citoyens du district historique de Nottingham qu'au vu de son excellence inégalée en MAGIE et PRESTIDIGITATION il s'est vu décerner par le conclave suprême de l'Assemblée des Magiciens supérieurs, cette année-ci, à l'unanimité, le titre d'EMPEREUR de tous les Illusionnistes et cela notamment à cause de son tour inouï qui consiste à trancher la tête d'un coq puis à rendre au volatile vie et mouvement. C'est le même DONAVAN, le plus grand homme du monde, qui a diverti la semaine dernière son auditoire de Croydon en immergeant son corps entier, étroitement ligoté et enchaîné, dans un réservoir d'acide hautement corrosif pendant onze minutes et quarante-cinq secondes, selon la mesure précise d'un chronomètre scientifique.

Trois ans plus tôt, Donavan avait écrit (et trouvé quelqu'un pour l'éditer) le seul legs qu'il nous ait laissé, un ouvrage intitulé *Manuel exhaustif de la prestidigitation*. Hélas, la carrière du grand homme commençait d'accumuler les échecs et il n'y a pas d'apparence qu'il soit remonté en scène avant 1858. Il mourut cette année-là, amer et sans enfant, au cours de vacances avec un ami en Irlande, où sa tombe se trouve dans un cimetière dominant Bertnaghboy Bay. Peu après, sa veuve, Joanna, rencontrait et s'éprenait profondément d'un certain Charles Franks, valet d'écurie de Liverpool.

Tout comme le premier, le second mariage de la jeune femme semble avoir été heureux, malgré les temps durs et l'argent rare. La nouvelle Mrs. Franks devait trouver un emploi de modiste chez une Mrs. Russell, au 34 Runcorn Terrace, Liverpool. Franks lui-même eut moins de succès dans sa recherche d'un emploi fixe et il essaya finalement de tenter sa chance à Londres. Ses grandes espérances s'y concrétisèrent aussitôt car il fut bientôt engagé comme palefrenier dans l'auberge très fréquentée *George and Dragon* sur l'Edgware Road où nous le trouvons installé au printemps de 1859. A la fin mai de la même année, il envoyait une guinée à sa femme (il ne pouvait faire mieux) et lui demandait de le rejoindre dans la capitale dès que possible.

Le matin du samedi 11 juin 1859, Joanna Franks, chargée de deux petites malles, fit ses adieux à Mrs. Russell dans Runcorn Terrace et embarqua sur une péniche pour aller de Liverpool à Preston Brook, le terminus nord du canal de la Trent et de la Mersey, inauguré quelque quatre-vingts ans plus tôt. Là, elle prit l'un des *fly-boats*[1] (ou bateaux express) de la Pickford and Company qui partait de Stoke-on-Trent et Fradley Junction et de là, via les canaux de Coventry et d'Oxford, jusqu'à Londres par le cours normal de la Tamise. Le prix de la traversée — 16 shillings et 11 pence — était considérablement moins élevé qu'un billet de train Liverpool-Londres dont la ligne datait d'une vingtaine d'années.

Joanna était une délicieuse petite créature, mignonne à croquer, vêtue d'une robe bleu ciel, d'un mouchoir blanc autour du cou, d'un bonnet de soie à motifs maintenu par un ruban rose vif. Ses habits

1. Un *fly-boat* navigue vingt-quatre heures sur vingt-quatre, avec un double équipage, des quarts et des changements de chevaux à intervalles réguliers le long des canaux. (*N.d.T.*)

n'étaient peut-être pas neufs, mais, d'un prix assez élevé, ils lui donnaient, ma foi, un aspect fort propret. Une allure fort séduisante également, comme nous le découvrirons bientôt.

Le capitaine de la péniche *Barbara Bray* était un certain Jack « Rory » Oldfield, de Coventry. D'après les témoignages ultérieurs de collègues bateliers et d'autres connaissances, l'homme était fondamentalement bon, quoique de manières brusques, un peu soupe au lait. Il était marié, sans enfant, âgé de quarante-deux ans. Les autres membres de son équipage s'appelaient Alfred Musson, trente ans, *alias* Alfred Brotherton, un grand gaillard, plutôt dégingandé, marié, avec deux jeunes enfants ; Walter Towns, *alias* Walter Thorold, âgé de vingt-six ans, le fils illettré d'un fermier, qui avait quitté sa ville natale de Banbury dans l'Oxfordshire quelque dix ans plus tôt ; et un adolescent, Thomas Wootton, dont nous ne savons rien de sûr sinon que ses parents venaient probablement d'Ilkeston dans le Derbyshire.

Le *Barbara Bray* quittait Preston Brook à 7 h 30 dans la soirée du samedi 11 juin. A Fradley Junction, à l'extrémité sud du canal de la Mersey, la péniche passa sans encombre les écluses ; à 10 heures du soir, le dimanche 19 juin, elle glissait tranquillement sur les eaux septentrionales du canal de Coventry et s'orientait presque plein sud dans la direction d'Oxford. La traversée s'était faite avec une remarquable facilité et rien ou presque n'annonçait les événements tragiques qui allaient s'abattre sur le *Barbara Bray* et son unique passagère — la petite et frêle Joanna Franks, à qui il restait si peu de temps à vivre.

CHAPITRE VIII

> « Le style est le poinçon d'un caractère imprimé sur le matériau à sa disposition. »
>
> (André Maurois, *L'Art d'écrire*)

Après avoir lu ces quelques pages, Morse se rendit compte qu'il se posait des questions sur certains détails mineurs et nourrissait un relatif malaise au sujet d'un ou deux points majeurs. Peu enclin à défigurer le texte imprimé avec une série d'annotations dans la marge, il écrivit des notes au dos d'un menu d'hôpital abandonné (par erreur) à son chevet.

Le style du colonel était un peu maniéré — un peu trop précieux au goût de l'inspecteur ; pourtant, son écriture dépassait nettement la moyenne des écrits de ce genre — avec son agréable péroraison, calculée pour obliger la plupart des lecteurs à passer presque inévitablement à la deuxième partie. L'une des caractéristiques les plus remarquables de son écriture était l'influence exercée par l'*Élégie écrite dans un cimetière de campagne* de Gray — poème qu'on avait dû ressasser à l'auteur durant son adolescence dans une *public school* de deuxième ordre et qui lui avait inculqué une vision plutôt lugubre de la condition humaine. Un ou deux traits *excellents*, malgré tout : Morse était tout prêt à donner deux « TB » à cette épithète de « supra-corporels ». Il aurait tout de même aimé avoir à sa portée son très fidèle compagnon littéraire, le Dictionnaire anglais de Chambers...

A propos d'écriture — et de l'écriture de livres —, le vieux Donavan (le premier mari de Joanna) devait avoir été plutôt compétent. Car il avait su « trouver quelqu'un pour éditer » son ouvrage. Jusqu'aux dernières années de sa vie, apparemment, ce prestidigitateur irlandais et lettré attirait les foules entre Croydon et Burton-on-Trent... Il devait avoir un *je-ne-sais-quoi*, cet homme aux nombreux talents. « Le plus grand homme du monde », c'était sans doute aller un peu trop loin, mais l'on pouvait certes pardonner un léger degré de mégalomanie dans la publicité d'un amuseur aussi versatile.

« Bertnaghboy Bay ? » écrivit notre convalescent sur son menu. Ses connaissances géographiques étaient fort restreintes. Ses professeurs du primaire lui avaient naguère dispensé certaines données sur les exportations de l'Argentine, de la Bolivie, du Chili, etc. ; âgé de huit ans, il connaissait (celle du Dakota du Sud excepté) toutes les capitales des États-Unis d'Amérique. C'était toujours vrai. Mais ce fut le dernier de ses efforts dans cette discipline. Quand il eut obtenu une bourse pour entrer dans la *grammar school*[1] locale, un choix lui fut imposé entre les trois « G » : grec, études germaniques (alle-

1. Bon externat privé intermédiaire entre les *public schools* — internats privés — et les externats publics. (*N.d.T.*)

mand), géographie. Pas vraiment le choix, en réalité, car, bon gré mal gré, il se retrouva dans la coterie des hellénistes où les déclinaisons des noms et des verbes empêchaient qu'on connût les comtés irlandais. Où *était* donc — comment cela s'appelait-il ? — Bertnaghboy Bay ?

Il pouvait paraître paradoxal que Morse fût soudain à ce point fasciné par le canal d'Oxford. Il savait que beaucoup de gens s'entichent de la vie en péniche et jugeait tout à fait convenable que des parents communiquent à leur progéniture quelque passion, que ce soit pour la voile, la marche, les animaux domestiques, l'ornithologie ou autre chose. A ses yeux, toutefois, compte tenu de son expérience fort réduite en la matière, la navigation fluviale était une activité outrageusement surfaite. Un jour, invité par un couple assez agréable, il avait accepté d'être piloté depuis l'extrémité du canal d'Oxford à Hythe Bridge Street jusqu'à *La Charrue* à Wolvercote — un voyage assez bref qui s'effectuerait (l'assura-t-on) en une heure ; en fait, les incidents divers furent si nombreux qu'ils n'atteignirent leur lieu de débarquement que cinq minutes à peine avant la fermeture des pubs — et cela par une matinée étouffante de dimanche. Ce bateau-là nécessitait deux personnes pour le manœuvrer — une à la barre et l'autre pour sauter sans cesse à terre à cause des écluses et de ce que le guide appelait « de séduisants petits ponts mobiles ». Or la péniche de Joanna comptait quatre membres d'équipage — cinq avec elle ; la promiscuité devait avoir été odieuse au cours de ce long et ennuyeux voyage, au rythme peu enthousiaste d'un cheval de halage. Trop long ! Morse hocha la tête — il commençait à voir la situation... Beaucoup plus rapide par chemin de fer, bien sûr ! Et le tarif qu'elle avait payé — 16 shillings 11 pence — semblait, à bien y réfléchir, un peu raide pour un passager sur une péniche de halage. En 1859 ? Sans aucun doute ! A combien se serait monté le billet de chemin de fer ? Morse n'en avait aucune idée. Mais il y avait moyen de le savoir ; il y avait des gens qui connaissaient ce genre de détails...

Il voyait encore de mémoire le tableau accroché dans la cabine où il avait voyagé, son lac, son château, son bateau à voile, la chaîne de montagnes — tout cela dans les couleurs traditionnelles de rouge, jaune et vert. Mais à quoi cela ressemblait-il de *vivre* dans de telles péniches ? Des péniches qui au XIXe siècle avaient été manœuvrées par des équipages venus d'un peu partout ; du Black Country ; des villages de corons autour de Coventry et Derby ou Nottingham ; des petites maisons alignées dans Upper Fisher Row près du terminus d'Oxford — qui acheminaient leurs chargements de charbon, de sel, de porcelaine, de produits agricoles... et autres. *Quoi* d'autre au juste ? Et pourquoi, au nom du ciel, tous ces pseudonymes ? Les membres de l'équipage étaient-ils déjà tenus pour des forbans avant même d'être jugés ? Chacun, sur le canal, avait-il deux noms — un surnom en même temps que celui inscrit dans le registre paroissial ? A n'en pas douter, un jury ne pouvait que ressentir un soupçon de préjugé à l'encontre de tel... tel... même avant... Il était fatigué — sa tête avait déjà sursauté deux fois en retombant sur sa poitrine.

L'infirmière stagiaire Eileen Stanton avait pris son service à 9 heures du soir et Morse dormait toujours à poings fermés à 9 h 45 quand elle s'approcha silencieusement de son lit et lui ôta doucement le menu pour le déposer sur sa table de chevet. Il rêvait probablement, songea-t-elle, de quelque *haute cuisine*[1] au *Quat' Saisons*[2], mais il lui faudrait absolument le réveiller dans peu de temps pour ses pilules du soir.

1. En français dans le texte. (*N.d.T.*)
2. Le meilleur restaurant des environs d'Oxford. (*N.d.T.*)

CHAPITRE IX

> « Quel monde agréable et délicieux que ce monde des livres — pourvu qu'on n'y importe pas les obligations de l'étudiant, qu'on n'y voie pas la drogue de l'oisiveté, mais qu'on y pénètre plutôt avec l'enthousiasme de l'aventurier. »
>
> (David Grayson, *Aventures in Wonderland*)

Le lendemain matin (mercredi) fut actif et béni. Les premières offrandes de Violette : flocons de son, pain grillé froid à demi brûlé, thé léger et tiède, furent merveilleuses et bienvenues ; quand Fiona vint à 10 heures lui enlever (définitivement) la perfusion, Morse sut que les dieux lui souriaient. Quand, mieux encore, il parcourut le couloir pour se rendre à la salle de bains sans rien qui l'encombre et sans escorte, il se sentit comme Florestan tout juste libéré à l'acte deux de *Fidelio*. Quand, enfin, les bras libres, il s'aspergea de savon et examina la pitoyable manière qu'il avait eue de se raser jusqu'ici, il se sentit un autre homme. Une fois sorti, il décida qu'il ferait quelque donation convenable, pas trop surprenante, au personnel en général et inviterait notamment son infirmière préférée (les chances étaient à peu près égales, pour l'instant, entre la Belle et l'Éthérée) à ce restaurant du nord d'Oxford où il arborerait sa connaissance (limitée) du grec moderne et commanderait un menu Mezéthes Tavérnas, celui sous-titré « un festin épicurien de la première cuillerée à la dernière bouchée ». Dix livres par tête, ou un peu plus, vin compris — et peut-être un digestif —, un ou deux extras ; il espérait pouvoir s'en sortir avec trente livres... Il est vrai que la belle Eileen à la peau crémeuse ne serait pas de service ce soir. Une obligation familiale, avait-elle dit. « Familiale ? » Morse était un tout petit peu contrarié. Enfin, pourvu que Nessie ne sévisse pas... car l'inspecteur avait décidé que, dans l'intérêt de sa convalescence, il pourrait bien dévisser le bouchon doré de la petite bouteille ce soir même.

Une fois de retour dans la salle commune, le temps passa de manière satisfaisante. Une tasse de bouillon cube à 10 h 30 suivie d'une autre énumération, par Mr. Greenaway, des qualités tout à fait exceptionnelles de sa fille — un être absolument indispensable, semblait-il, à la bonne marche des tâches académiques de la Bodléienne. Après quoi Morse reçut la visite d'une des innombrables diététiciennes de l'endroit — une jeune dame à la mine austère et laide qui lui exposa par le menu l'armée de légumes à basses calories dont il pouvait se « gaver » *ad libitum* : artichaut ; asperge ; aubergine ; bambou (pousses de) ; batavia ; betterave ; bette ; brocoli ; carotte ; céleri ; champignon ; chicorée ; choux (divers) ; chou-fleur ; concombre ; courgette — et ce n'étaient là que les trois premières lettres de l'alphabet éternel dans un « diétaire » de bonne santé. Le patient était si impressionné par cette récitation des bénédictions miraculeuses qui l'attendaient qu'il oublia même de commenter l'affirmation que tant le jus de tomate que le jus de navet étaient de merveilleuses solutions de remplacement, goûteuses et nutritives, aux boissons alcoolisées. Obéissant, il s'efforçait de hocher la tête à intervalles convenables, sachant au fond de lui qu'il pouvait, devait perdre, et *perdrait* une dizaine de kilos très bientôt. D'ailleurs, en gage de cette résolution, il insista pour n'avoir qu'une cuillerée de pommes de terre, sans la moindre sauce épaissie, quand Violette passa avec son chariot de victuailles.

Au début de l'après-midi, après avoir réécouté la reprise des *Archers*, une idée enchanteresse le frappa : pas de travail ce jour-là au commissariat ; pas de soucis à se faire pour le dîner ; ni pour le lendemain, mis à part, peut-être, ceux causés par sa conscience toute neuve de l'infirmité — et de la mort. Mais même cela ne l'inquiétait pas trop, comme il l'avait avoué à Lewis ; pas de parents proches, pas de gens dépendant de lui, pas besoin de penser à autre chose qu'à son plaisir personnel. Morse savait exactement ce qu'il voulait à présent, assis bien droit, frais, propre, dispos, contre ses oreillers. Car, aussi étrange que cela pouvait paraître, il n'aurait pas échangé deux singes de Madagascar contre d'autres chapitres du *Billet bleu*. Pour l'instant, et très puissamment, il ressentait l'enthousiasme du voyageur — d'un voyageur sur le canal de Coventry à Oxford. Heureux, il revint donc à la deuxième partie de *Meurtre sur le canal d'Oxford*.

CHAPITRE X

Deuxième partie

Un crime avéré

Bien que certains témoignages fussent à l'époque contradictoires touchant quelques points individuels dans la suite fatale d'événements décrits plus bas, le motif général tel qu'il se présente ici est — et a toujours été — incontesté.

La longueur de 38 milles environ du canal de Coventry (plus intéressante aujourd'hui pour l'archéologue industriel que pour l'amoureux de quiétude campagnarde) semble avoir été parcourue sans incident désagréable, avec des haltes confirmées à l'auberge *Three Tuns* de Fazely puis encore aux écluses d'Atherstone, un peu plus au sud. Ce qu'on peut affirmer avec une certitude quasi affirmative, c'est que le *Barbara Bray* atteignit Hawkesbury Junction, à l'extrémité septentrionale du canal d'Oxford, à peu près une heure avant minuit le lundi 19 juin. Aujourd'hui, la distance séparant Hawkesbury Junction d'Oxford est de 77 milles ; en 1859, le voyage était à peine plus long. On peut donc supposer que même avec un ou deux arrêts prolongés en route, le double équipage du *fly-boat* aurait dû accomplir le voyage en trente-six heures approximativement. C'est semble-t-il ce qui se passa. Les pages suivantes proposent une reconstitution de ces heures cruciales, fondée à la fois sur les preuves données lors des différents procès (car il y en eut deux) et sur des recherches supplémentaires, menées tant par l'auteur que par d'autres, dans les registres de la Compagnie du canal d'Oxford et dans les Archives de la Pickford and Company. De toutes les preuves disponibles se détache un fait attristant, nu et incontestable : le corps de Joanna Franks fut retrouvé juste après 5 h 30 le mercredi 21 juin dans le canal d'Oxford — dans le bassin de forme triangulaire connu sous le nom de « Duke's Cut », court passage creusé dans la Tamise sur ordre du quatrième duc de Marlborough en 1796, à deux milles et demi à peu près au nord de ce qui était alors l'extrémité du canal à Hayfield Wharf dans la ville d'Oxford.

Pour l'instant, faisons un bond en avant. Après l'enquête du coroner à l'auberge *The Running Horses* (aujourd'hui détruite, mais jadis sise au coin d'Upper Fisher Row près de Hythe Bridge à Oxford), les quatre membres d'équipage furent aussitôt inculpés du meurtre de Joanna Franks et dûment enfermés dans la prison voisine d'Oxford. Lors du procès préliminaire, tenu au cours de la session d'été des Assises d'Oxford en août 1859, on avança trois chefs d'accusation : meurtre prémédité de Joanna Franks en la jetant dans le canal ; viol contre la femme susdite, certains étant tenus pour responsables, d'autres pour complices ou ayant encouragé le crime ; enfin vol de divers articles, propriétés de son mari. Unanime, l'équipage plaida non coupable de tous les chefs d'accusation. (Wootton, l'adolescent, d'abord accusé comme les autres, n'apparaît plus dans l'acte final d'accusation.)

Mr. Sergeant Williams, pour la partie civile, déclara qu'il devait s'occuper, pour commencer, de l'accusation de viol. Toutefois, l'accusation instruite, le Juge (Mr. Justice Traherne) conclut qu'il n'y avait pas de preuves certaines que les prisonniers avaient commis ce crime et le Jury fut donc invité à rendre un verdict : « non coupable » sur ce point. Mr. Williams demanda alors un report du procès pour l'accusation de meurtre jusqu'aux prochaines assises, arguant qu'un témoin matériel, Joseph Jarnell, autrefois compagnon de cellule d'un des accusés dans la prison d'Oxford et naguère accusé de bigamie, ne pouvait être entendu de la cour avant d'avoir obtenu une amnistie du secrétaire d'État. Car Oldfield, le capitaine de la péniche, semblait avoir fait les aveux les plus cruciaux à Jarnell au moment où les deux hommes partageaient la même geôle. Bien que cette requête fût énergiquement combattue par l'avocat d'Oldfield, le Juge Traherne consentit finalement au report.

Le Juge nommé pour le second procès, tenu en avril 1860, s'appelait Mr. Augustus Benham. L'émotion publique était à son comble et les rues menant à la cour d'assises d'Oxford bondées de foules hostiles. Le procès suscitait également un immense intérêt dans le milieu judiciaire. Les trois prisonniers apparurent dans le box vêtus des ceintures de cuir et des gilets à manches longues d'ordinaire adoptés par les bateliers de l'époque, puis furent dûment inculpés de « meurtre avec préméditation, pour avoir *saisi*, poussé et précipité la susdite Joanna Franks dans le canal d'Oxford à cause de quoi elle fut asphyxiée et noyée ». Que s'était-il exactement passé, c'est la question que nous devons nous poser, sur ces quelques derniers mille fatals au-dessus du bassin connu sous le nom de Duke's Cut dans le canal d'Oxford ? La tragédie commença bientôt.

On a toutes les raisons de supposer que le voyage entre Preston Brook et le sommet du canal d'Oxford fut relativement tranquille, bien qu'on ait vite appris qu'Oldfield était resté dans la cabine avec Joanna pendant que la péniche franchissait les tunnels de Northwich et Harecastle. Mais, à partir du moment où le *Barbara Bray* atteignit les écluses solitaires de Napton Junction — à trente milles environ de Hawkesbury, Oxford étant encore distante de 50 milles — l'histoire semble se modifier, et se modifier (comme nous le verrons) dramatiquement.

William Stevens, un employé du canal au service de la Pickford and Company, confirma[1] que la péniche avait atteint les écluses de Napton vers 11 heures le mardi 20 juin et qu'elle y était restée environ une heure et demie. « Il y avait une passagère à bord » qui se plaignit aussitôt à Stevens « de la conduite des hommes avec lesquels elle devait cohabiter ». Il aurait dû, il le reconnaissait, inscrire la plainte par écrit (le *Barbara Bray* était, après tout, armé par la Pickford) ; il ne l'avait pas fait, se contentant de lui suggérer de s'adresser dès que possible aux bureaux de la Compagnie à Oxford où l'on pourrait la transborder sur un autre navire pour la dernière partie du voyage. Stevens avait assisté à certaines altercations, à certains cris entre Joanna et un membre de l'équipage, et il se rappelait avoir

1. La plupart des faits du compte rendu utilisé ici proviennent des *Registres d'Assises* d'Oxford, année 1860, et de la transcription fidèle des parties du procès rapportées dans le *Jackson's Oxford Journal*, avril 1860 (*passim*).

entendu la passagère déclarer : « Laissez-moi tranquille, je ne veux pas avoir de rapports avec vous ! » Deux de ces hommes (Oldfield et Musson, croyait-il) employaient un langage épouvantable, bien qu'il convînt, d'accord avec l'avocat des accusés, que le langage de presque tous les bateliers de l'époque fût également déplorable. Ce qui parut très clair au témoin, c'est que le comportement de l'équipage avait beaucoup empiré sous l'effet de la boisson ; selon lui, ils « usaient très librement de l'alcool qu'ils avaient en cargaison ». Avant de repartir, la femme s'était plainte encore une fois du comportement des hommes, et Stevens lui avait répété son conseil de changer de bord sitôt que le bateau aurait atteint le terminus du canal d'Oxford — où un déchargement partiel de la cargaison était théoriquement prévu.

Il semble, en fait, qu'elle ait tenu compte du conseil de Stevens. A Banbury, à quelque douze milles plus avant, Joanna fit une tentative résolue pour trouver un autre moyen de transport pour le restant du voyage. Matthew Laurenson, docker de Tooler's Yard, se rappelait très clairement les « questions pressantes » de Joanna au sujet des horaires des « diligences immédiates pour Londres — et les voitures d'Oxford à Banbury ». Mais rien n'était approprié et l'on conseilla une fois de plus à la jeune femme d'attendre l'arrivée à Oxford — éloignée d'une vingtaine de milles à présent. Selon Laurenson, cet entretien avait eu lieu entre 18 h 30 et 19 heures (il n'y a rien d'étonnant à ce que les horaires ne coïncident pas toujours exactement dans les témoignages au procès — souvenons-nous que près de dix mois ont passé depuis le meurtre) et il était à même de décrire la malheureuse jeune femme comme « quelque peu rouge et effrayée ».

Le hasard voulut que Joanna trouve un compagnon de voyage, au moins pour une brève période, car Agnes Laurenson, la femme du docker, voyagea elle-même vers le sud sur le *Barbara Bray* jusqu'à l'écluse de King's Sutton (distante de cinq milles) ; on sollicita aussi son témoignage. Elle se souvenait « qu'il y avait à bord une passagère qui paraissait fort perturbée ». Mrs. Laurenson déclara que Joanna avait peut-être bu un verre mais qu'elle semblait tout à fait sobre, pour autant qu'on pouvait en juger — à la différence d'Oldfield et de Musson — et qu'elle était de toute évidence fort soucieuse de sa propre sécurité.

L'histoire se rapproche maintenant de sa conclusion tragique ; et c'est l'aubergiste du *Crown and Castle* d'Aynho (juste après Banbury) qui fournit le témoignage le plus éloquent et décisif. Lorsque Mrs. Laurenson eut quitté le bateau trois milles avant King's Sutton, il semble que Joanna n'ait pu davantage cohabiter avec les bateliers ivres, selon cet aubergiste qui la croisa à 10 heures cette même nuit. Elle était arrivée à pied légèrement plus tôt en avouant qu'elle avait si peur de ces ivrognes vicieux qu'elle avait résolu de marcher sur le chemin de halage, en dépit de l'heure tardive, et de courir le risque infiniment moins inquiétant des détrousseurs à pied et des tire-laine. Elle espérait (avait-elle dit) qu'il lui serait possible de remonter à bord un peu plus tard en toute sécurité quand l'équipage serait un peu plus sobre. Pendant qu'elle attendait l'arrivée de la péniche, l'aubergiste lui avait offert un verre de bière brune, qu'elle refusa. Il la gardait à l'œil, cependant, et remarqua qu'assise au bord du canal elle semblait aiguiser discrètement un couteau sur le bord de l'écluse (on découvrit par la suite que la joue gauche de Musson portait une balafre, sans doute causée par ce couteau). Lorsque le bateau vint se ranger contre le quai d'Aynho, l'un des membres d'équipage (l'aubergiste ne savait plus qui) avait « maudit les yeux de cette femme et lui avait souhaité les flammes de l'enfer, car sa seule vue lui était odieuse ». Quand elle rembarqua, il vit qu'on lui offrait un verre ; il en déduisit qu'elle l'avait pris. Mais il fallait complètement écarter cet élément du témoignage dans la mesure où Mr. Bartholomew Samuels, le chirurgien d'Oxford qui procéda à l'autopsie immédiate, n'avait pas trouvé la moindre trace d'alcool dans le corps de la pauvre Joanna.

George Bloxham, le capitaine d'une péniche de la Pickford en route vers le nord, témoigna qu'il s'était amarré à côté du bateau d'Oldfield juste après Aynho et que les deux équipages avaient échangé quelques propos, comme d'habitude. Oldfield avait fait allusion à sa passagère en des termes « révoltants », jurant dans les mots les plus crus de lui faire son affaire ce même soir « ou de la burker[1] ». Bloxham ajouta qu'Oldfield était fort ivre ; et Musson comme Towns, « plutôt partis, tous les deux ».

James Robson, gardien de l'écluse de Somerton Deep, témoigna à son tour que sa femme Anna et lui avaient été réveillés vers minuit par un cri de terreur provenant de l'écluse. Ils avaient d'abord cru que

1. Burke : un criminel exécuté une trentaine d'années plus tôt pour avoir étouffé ses victimes puis vendu leurs cadavres pour des expériences de dissection médicale.

c'était le cri d'un jeune enfant ; mais lorsqu'ils regardèrent par la fenêtre de leur chambre, ils n'aperçurent qu'un petit groupe d'hommes sur le côté de la péniche et une femme juchée sur la cabine dont les jambes pendaient dans le vide. Les Robson furent à même de se rappeler trois événements de cette lugubre nuit et leur témoignage eut une importance cruciale dans le jugement. Joanna criait d'une voix terrifiée : « Je ne descendrai pas ! Ne me touchez pas ! » Puis l'un des bateliers avait crié : « Attention à ses jambes ! Attention à ses jambes ! » Après quoi la passagère avait repris ses cris effrayés : « Qu'avez-vous fait de mes chaussures, oh ! dites-le-moi, je vous en prie ! » Anna Robson demanda l'identité de la passagère et s'entendit répondre : « Une passagère, ne vous inquiétez pas ! » par un membre d'équipage qui ajouta que celle-ci se disputait avec son mari également à bord.

Bien que la haute maison de l'écluse dût paraître effrayante en ce minuit, dressée comme une sentinelle au-dessus des eaux noires, elle représentait sa dernière chance de vivre — pourvu qu'elle demandât asile à l'intérieur.

Mais elle ne fit aucune requête de ce genre.

A ce moment, ou peu après, il semble que la femme terrifiée se soit remise à longer le chemin de halage pour échapper aux ivrognes ; mais elle était presque certainement remontée à bord quand le bateau franchit l'écluse de Gibraltar. Après quoi — et seulement pour très peu de temps — elle dut débarquer, une fois encore ! puisque Robert Bond, un batelier de la péniche *Isis*, témoigna qu'il l'avait croisée sur le chemin. Bond se souvenait d'avoir été surpris qu'une femme aussi séduisante se promenât seule à une heure si tardive et qu'il lui avait demandé si tout allait bien. Elle s'était contenté de hocher la tête, rapidement, en disparaissant dans la nuit.

Arrivant à l'écluse de Gibraltar, Bond avait rencontré la péniche d'Oldfield dont un marin lui demanda s'il avait remarqué une femme allant à pied sur le chemin, non sans ajouter dans les termes les plus crus qu'elle passerait un mauvais quart d'heure sitôt qu'elle lui retomberait entre les pattes.

Personne, excepté les infâmes bateliers du *Barbara Bray*, ne devait revoir Joanna Franks vivante.

CHAPITRE XI

> « Sur ma foi, Watson, vous faites de merveilleux progrès. Vous vous êtes très bien débrouillé. Certes, vous avez négligé tout ce qui comptait, mais la méthode est bonne. »
>
> (Sir Arthur Conan Doyle, *Un cas d'identité*)

Comme au terme de la première partie, Morse se mit à rédiger des notes (mentales, cette fois) ayant lu la triste histoire. Pour une raison ou une autre, il se sentait assez mécontent de lui. Quelque chose le travaillait au sujet de la première partie ; pour l'instant, il n'arrivait pas à mettre le doigt dessus. Cela lui reviendrait quand il aurait relu quelques pages. Rien ne pressait, n'est-ce pas ? Rien. Le problème théorique soudain saisi par son esprit n'était rien d'autre qu'un amusant petit point de détail. Et pourtant les doutes subsistaient : quelqu'un — *n'importe qui* — pouvait-il lire cette histoire sans mettre en doute une ou deux des données si sereinement rapportées ? Voire deux ou trois ? Ou même trois ou quatre ?

Quel était le cours normal des distractions de bateliers comme Oldfield, lors de ces « arrêts prolongés » qui leur étaient habituels ? Changer de cheval constituait évidemment l'une de leurs activités principales, mais ce n'était pas vraiment une occasion de réjouissance. Un saut au lupanar du coin, peut-être ? Sans doute était-ce une étape vraisemblable pour les plus sensuels. Et la boisson ? Buvaient-ils leur salaire, ces gaillards, dans les bars aux plafonds bas qui ponctuaient leur route ? Et pourquoi pas ? Qu'y avait-il d'autre à faire ? Et si l'alcool pouvait parfois nuire aux prouesses sexuelles, qui nierait qu'il stimulait souvent le désir ? En l'occurrence, le désir de violer une belle passagère.

Tant de questions se posaient !

Mais si c'était une affaire sexuelle, pourquoi avoir abandonné l'accusation de viol lors du premier procès ? D'accord, le code génétique ADN propre à chaque individu n'était pas décelable dans les années 1850 ; donc pas de possibilité d'identifier un pauvre désespéré dans ses rapides éjaculations. Mais, même à cette époque, on arrivait à maintenir l'accusation de viol sans trop de difficulté ; et la vieille plaisanterie confucéenne sur l'immobilité relative de l'homme dont le pantalon lui tombe sur les chevilles avait dû paraître aussi creuse à l'époque qu'aujourd'hui. Du moins aux oreilles de Joanna Franks.

La note en bas de page faisant référence aux *Registres d'Assises* était une surprise ; il serait certainement intéressant, d'un point de vue sociologique, de s'enquérir de la manière dont on jugeait le viol en 1859. Sans nul doute, la compréhension déployée était à cent lieues de celle traduite par le jugement suivant, dans l'édition du *Times* du jour : « Un jugement fait jurisprudence : 35 000 livres d'indemnité pour la victime d'un viol. » Mais où étaient ces registres, s'ils existaient encore ? Ils auraient pu expliquer la mise en garde entre parenthèses du colonel sur les incohérences des témoignages. Mais *quelles* incohérences ? *Quelque chose* devait travailler le vieux Deniston, quelque chose qui le tracassait un tout petit peu. Les Grecs avaient un mot pour cela — *parakrousis* —, une fausse note dans une harmonie parfaite par ailleurs.

Cette « fausse note » venait-elle de Mrs. Laurenson ? Quoi qu'il en fût du sort de Joanna, cette Laurenson (avec l'assentiment complet de son mari, on pouvait le supposer) était montée à bord du *Barbara Bray* pour descendre jusqu'à King's Sutton en compagnie — c'est du moins ce dont on voulait persuader le lecteur — d'un équipage complet d'ivrognes obsédés sexuels. Difficile à avaler. A moins, bien sûr, que le docker Laurenson ne fût ravi de se débarrasser de sa femme pour la nuit — celle-là ou une autre. Mais un tel raisonnement semblait fantaisiste et il y avait une autre explication — très simple et plutôt étonnante ; que l'équipage de la péniche n'ait nullement été aussi soûl et agressif à ce moment-là ! Mais non. Tous les indices — indubitables — pointaient dans la direction opposée ; indiquaient que les « robes d'honneur » des bateliers (comme aurait dit Fitzgerald, le traducteur d'Omar Khayyam) étaient tombées, comme celles du violeur de Confucius, sur leurs lacets.

Lacets... souliers...

Qu'avaient donc ces chaussures ? Pourquoi revenaient-elles sans cesse dans l'histoire ? Car enfin, si les bateliers avaient voulu coucher avec elle, n'y avait-il pas des habits plus intimes à ôter ? L'un d'eux était peut-être un maniaque du pied qui s'ignorait...

Se disant qu'il était vraiment trop stupide, Morse jeta un deuxième coup d'œil sur les dernières pages. Un peu artificielle, cette description de la vieille maison de l'écluse, dressée comme une sentinelle sur l'eau sombre. Mais pas mauvaise ; au moins, elle avait décidé l'inspecteur à y aller faire un tour en voiture pour se rendre compte par lui-même, sitôt rétabli. A moins que les urbanistes et les promoteurs ne l'eussent déjà abattue.

Comme ils avaient abattu St Ebbe...

Telles étaient donc les pensées de Morse après son deuxième chapitre. Il était bien naturel qu'il voulût faire durer les plaisirs dispensés par le récit du colonel. Pourtant, force nous est de reconnaître qu'il avait, une fois encore, été presque incapable de comprendre les vrais problèmes soulevés dans ces pages. En temps ordinaire, il précédait de cent coudées l'intellect de ses rivaux ; même en ce moment, sa réflexion était claire et originale. Mais il était encore loin de son meilleur niveau. Le nez trop près du tableau. Si proche des flancs peints de la péniche, il ne risquait pas d'en retracer la forme. Ce qu'il lui fallait, c'était prendre un peu de recul ; pour avoir une vue plus synoptique. Ç'avait toujours été l'un de ses mots préférés. Très vite, il relut la deuxième partie. Mais il n'en retira pas un point de vue beaucoup plus général, bien qu'il y eût quelques détails supplémentaires qui lui avaient échappé lors de sa première lecture et qu'il engrangea, au petit bonheur, dans sa cervelle.

Il y avait par exemple ce « J » majuscule employé par le colonel à chaque fois qu'il voulait souligner l'énormité de l'iniquité humaine et l'infaillibilité du Jury ou de la Justice — comme le « D » majuscule toujours employé par les Églises chrétiennes pour désigner Dieu.

Ensuite, il y avait ces traversées des deux tunnels, quand Oldfield était resté assis à côté de la passagère... ou, selon la traduction de Morse, quand il lui avait passé le bras autour du cou dans l'obscurité inquiétante en lui disant de ne pas avoir peur...

Quant à ces derniers paragraphes complexes et peu clairs ! Elle avait aspiré désespérément à quitter le bateau, à échapper à ses persécuteurs titubants — cela, du moins, semblait à peu près certain. Mais alors pourquoi, selon ce même témoignage indubitable, avoir toujours désiré y *remonter* ?

Spéculations fumeuses, que tout cela ; au moins y avait-il deux choses matériellement vérifiables. « Rien n'était approprié », était-il dit : tout enquêteur digne de ce nom pourrait facilement vérifier *cela*. Qu'y avait-il de vraiment disponible, quand Joanna était arrivée à Banbury ? Il pourrait également découvrir très vite combien aurait coûté un autre moyen de transport à destination de Londres. Quel était, par exemple, le prix exact d'un billet de chemin de fer entre *Liverpool* et Londres, prix qui paraissait avoir dépassé les ressources communes de l'un et l'autre Franks ?

Intéressant...

Comme l'étaient, maintenant qu'il y réfléchissait,

ces doubles guillemets dans le texte — sans doute les citations exactes, retranscrites mot à mot et par conséquent les sources originales du procès de l'équipage. Morse jeta un nouveau coup d'œil sur la suite de citations dont l'une en particulier retint son attention : « diligences pour Londres — et voitures d'Oxford à Banbury ». Si c'étaient là les paroles précises prononcées par Joanna... *si* c'était bien le cas... Pourquoi avoir demandé les horaires des voitures « d'Oxford à Banbury » ? Car enfin, elle aurait dû s'enquérir des diligences *de Banbury à Oxford*. A moins que... à moins que...

Encore une fois, tout cela paraissait fort intéressant — aux yeux de Morse. Et que fallait-il penser de ces histoires de beuverie ? Joanna avait-elle bu — ou pas ? Le texte était curieusement équivoque ; c'était peut-être l'une des raisons de la réserve du colonel sur « certains témoignages contradictoires » ? Mais non — c'était impossible. Mr. Bartholomew Samuels n'avait trouvé aucune présence d'alcool dans le corps de la noyée, l'affaire était donc réglée !

Elle l'eût été pour la plupart des lecteurs.

La pensée de la boisson commençait à requérir l'attention de notre patient qui, avec un soin et une circonspection infinis, se versa un doigt de scotch dans le verre posé à son chevet, noyé dans autant d'eau. Merveilleux ! Dommage que personne ne crût jamais ses assurances que le scotch était le stimulant nécessaire de ses cellules grises ! Au bout de quelques minutes, les idées — idées captivantes ! — inondaient son esprit et il s'aperçut en outre qu'il pourrait tester l'une ou l'autre de ses hypothèses dès ce soir.

Pourvu, du moins, que la fille de Walter Greenaway vînt faire une visite à son père.

CHAPITRE XII

> « La première chose indispensable, dans une bibliothèque, c'est une étagère. De temps en temps, on peut y mettre de la littérature. Mais l'étagère est essentielle. »
>
> (Finley Peter Dunne, *Mr. Dooley Says*)

En descendant Broad Street à 7 h 40 le lendemain matin (jeudi) Christine Greenaway pensait (pensait encore) à l'homme qui lui avait parlé la veille dans la salle 7C au dernier étage du pavillon 2 de l'hôpital. (Il était bien rare qu'elle s'enchantât de l'orgueil éprouvé par son père à son endroit !) Non qu'elle eût été obsédée par ce personnage depuis lors ; mais elle en avait une conscience à demi somnolente et subite. Il l'avait si gentiment priée de faire une recherche pour lui à la bibliothèque ! Il avait paru si ardent, si reconnaissant. Et c'était stupide, en fait, parce qu'elle l'eût volontiers aidé, dans tous les cas. Cela participait au premier chef de son rôle de bibliothécaire : être à même de situer un certain nombre de repères dans les domaines historiques et littéraires et de fournir là où elle le pouvait les références appropriées aux diverses requêtes qu'on lui formulait. Dès l'âge de cinq ans, avec ses nattes blondes qui lui descendaient jusqu'au milieu d'un dos osseux, elle enviait la femme de la bibliothèque de Summertown qui rangeait les fiches à une place précise dans les longs tiroirs de son grand comptoir ; elle enviait davantage encore celle qui tamponnait la date au début des livres empruntés avant d'insérer chaque petite fiche dans son classeur rectangulaire. Certes, Christine Greenaway n'accomplissait aucune de ces tâches serviles personnellement. Elle avait presque oublié, désormais, les questions inévitables du genre « qui a écrit *Le Vent dans les saules* ? » ; elle était à présent la plus gradée des trois bibliothécaires assises à l'extrémité nord de la salle de lecture du bas où son travail consistait à prêter main-forte tant aux professeurs qu'aux étudiants de l'université ; à vérifier des fiches, identifier des cotes, suggérer telle ou telle référence, à donner ou recevoir des appels téléphoniques (elle avait téléphoné la veille à l'université d'Uppsala). Au cours de ces dernières années, elle avait ressenti l'importance et l'agrément de sa tâche — de son heureuse contribution à la vie de l'université.

Bien sûr, sa vie avait connu des déceptions majeures, comme la vie de tout le monde, elle le savait bien. Mariée à vingt-deux ans, elle avait divorcé à vingt-trois. Pas d'autre femme du côté de son jeune mari ; pas d'homme du sien — bien qu'elle ait eu (qu'elle eût toujours) bien des occasions de ce côté-là. Non ! c'était seulement que son mari était si immature et irresponsable — et surtout si ennuyeux ! Une fois qu'ils eurent commencé de vivre en ménage, de tenir un budget mensuel, de vérifier les relevés de comptes, elle comprit qu'elle ne pourrait jamais vivre avec lui. Les choses étant ce qu'elles étaient, l'idée d'un autre personnage vaguement ignorant, à moitié agressif et macho, à côté d'elle dans son lit lui était insupportable. Sans aucun souci financier, elle était libre d'agir à sa guise dans les domaines qui *lui* importaient ; elle était devenue un membre modestement actif de diverses organisations, dont Greenpeace, le Comité pour le désarmement nucléaire, l'Association des randonneurs et la Société royale des ornithologues. A n'en pas douter, elle ne pousserait jamais la porte de l'une de ces agences matrimoniales dans l'espoir de trouver un spécimen plus intéressant que son précédent époux. Si elle venait à chercher pour de bon un autre mari, il faudrait que ce fût, d'une manière ou d'une autre, quelqu'un qu'elle pût *respecter* : respecter pour sa conversation, son expérience, son intellect, son savoir ou... eh bien, tout sauf son orgueil pour ses prouesses sexuelles. Mais (se demandait-elle) qu'avait donc à voir tout cela avec *lui* ? On ne pouvait dire qu'il fût très impressionnant, physiquement : calvitie croissante et forte surcharge pondérale autour de l'estomac. Bien que, pour être honnête, elle commençât d'éprouver un léger respect — malgré elle — pour ces hommes *légèrement* trop lourds, peut-être parce qu'elle semblait incapable de prendre les quelques livres nécessaires — quelle que fût sa consommation de gâteaux à la crème, de beignets de poisson et de frites.

Oublie-le ! Oublie-le, Christine !

Cette admonestation devint efficace tandis qu'elle descendait la Broad, longeait Balliol et Trinity sur sa gauche avant de traverser la rue juste devant Blackwell's et de monter, *sub imperatoribus*, les degrés convexes menant à la cour de gravier du Sheldonian. Puis, gardant sa droite, elle passa sous l'arche et la pancarte SILENCE, S'IL VOUS PLAÎT et déboucha enfin dans son vrai territoire, la cour des Écoles.

Durant bien des jours, lors de ses débuts à la Bodléienne six ans plus tôt, la beauté du cadre l'avait habitée. Mais les mois et les années passant, elle s'était largement habituée à ce que les cartes postales de la Proscholium continuent d'appeler « le Sacré-Cœur d'Oxford » ; habituée, à force d'arpenter le gravier de la cour, à la tour des Cinq Ordres sur la gauche, à force de passer à côté de la statue de bronze du troisième comte de Pembroke et de pénétrer dans la bibliothèque sous la grande arcature du côté ouest dominée par quatre étages d'arches aveugles dans leur pierre glorieusement patinée.

Mais c'était différent aujourd'hui, malgré tout — si différent ! Elle éprouvait à nouveau les irrégularités du gravier sous les semelles de ses chaussures de prix à talons hauts. Elle avait une conscience décuplée des Facultés médiévales peintes sur ces portes bien connues tout autour de la cour. Elle jeta en particulier un coup d'œil attentif à sa pancarte préférée : SCHOLA NATURALIS PHILOSOPHIAE, les capitales dorées mises en relief, avec leur liséré pourpre, sur un arrière-plan bleu outremer très dense, le bleu d'Oxford. En gravissant l'escalier de bois de la salle de lecture inférieure, Christine Greenaway se rappela, un léger sourire flottant sur ses lèvres d'une exquise minceur, pourquoi apprécier de nouveau ces délices négligées lui avait pris si longtemps.

Elle suspendit son manteau dans le vestiaire des bibliothécaires et se mit au travail. La première heure

(7 h 45 – 8 h 45) était toujours fastidieuse, passée à ranger les livres laissés sur les tables depuis la veille, à s'assurer que les lecteurs de la journée trouveraient bien les livres de la Bodléienne sur leurs étagères respectives.

Elle repensait au bref entretien du soir précédent, quand il lui avait fait un signe de tête (à deux mètres d'elle, au plus).

— Vous travaillez à la Bodléienne, si j'ai bien compris ?

— Hum !

— Vous me trouverez peut-être terriblement culotté — sans doute ! — alors que je ne vous connais pas, de...

— De me demander de faire une petite recherche pour vous ?

Morse hocha la tête, avec un sourire charmeur.

Elle savait qu'il était une sorte de policier — ce genre de choses circulent rapidement dans une salle commune. Son regard avait retenu le sien pendant quelques secondes, mais sans qu'elle fût consciente de sa couleur bleue ou de son autorité : seulement de sa mélancolie et de sa vulnérabilité. Pourtant, elle avait eu le sentiment que ces yeux compliqués plongeaient tout au fond d'elle-même, d'une manière ou d'une autre, et qu'ils *aimaient ce qu'ils y voyaient*.

« Stupide gourgandine ! » se dit-elle *in petto*. Elle se comportait comme une lycéenne adolescente, affligée d'une passion soudaine pour un professeur. Mais c'était un fait : pour l'instant, elle était prête à courir un marathon à cloche-pied pour l'occupant chenu, au pyjama criard, du lit situé juste en face de celui de son père.

CHAPITRE XIII

« Ah, remplis cette coupe — à quoi sert de répéter
A quelle vitesse le Temps disparaît ;
Demain à naître, hier mort,
Pourquoi s'en soucier, si doux est ce jour ! »
(Omar Khayyam, *Rubaiyyat*)

Il s'était montré plutôt vague et il était assez difficile d'apprécier précisément ce qu'il voulait : quelques détails particuliers sur n'importe quelle compagnie d'assurances du milieu du XIXe siècle — en particulier, si possible, sur les compagnies des Midlands. Sans cesse interrompue pendant la matinée, cela lui avait pris plus d'une heure d'explorer les catalogues appropriés ; une heure de plus pour mettre la main sur la littérature idoine. Mais à l'heure du déjeuner (loué soit le ciel !) elle avait achevé sa recherche, éprouvant le ravissement, se disait-elle, des érudits qui fouillaient chaque jour le trésor de sa grande bibliothèque pour en tirer leurs petites pépites d'or. Elle avait découvert un ouvrage de référence qui lui apprenait exactement ce que son questionneur un peu déstabilisant avait voulu qu'elle découvre.

Juste après midi, escortée d'une de ses collègues, elle traversa Holywell Street pour se rendre à la taverne de *King's Arms* — où elle avait coutume de passer les cinquante-cinq minutes de la pause du déjeuner avec un seul verre de vin blanc et un sandwich au saumon et au concombre. Mais quand Christine se leva et offrit une deuxième tournée, sa compagne se dit que quelque chose de pas ordinaire se passait.

— Tu dis toujours que deux verres te donnent envie de dormir.

— Et alors ?

— Alors, je m'endormirai moi aussi, d'accord ?

C'étaient de bonnes amies ; Christine lui eût certainement raconté une version expurgée de sa visite à l'hôpital la veille si une autre collègue ne les avait rejointes. Sur quoi, toutes trois se plongèrent dans une conversation animée sur la décoration intérieure et le taux scandaleux des intérêts immobiliers.

Deux d'entre elles, pour être exact. Et la moins animée des trois fut aussi moins assidue que d'habitude dans son travail au cours de l'après-midi. Après avoir soigneusement photocopié ses trouvailles, elle aspirait à voir finir cette journée, impatiente d'exhiber les fruits de sa recherche ; et puis, elle souhaitait tout simplement revoir ce bonhomme. Rien de plus.

A 18 h 30, chez elle dans le village de Bletchington, à quelques milles d'Oxford, vers Otmoor, elle vernit lentement ses ongles ovales, bien manucurés, et prit à 19 heures le chemin de l'hôpital.

De son propre point d'observation, Morse se

réjouissait lui aussi à l'idée de revoir Christine Greenaway. Il avait vite mesuré, la veille, son professionnalisme tandis qu'elle écoutait sa requête et calculait la manière dont elle pourrait y répondre. Il avait aussi remarqué la pureté et l'intelligence du regard — ces yeux presque aussi bleus que les siens — et la détermination tranquille de sa petite bouche. De sorte qu'à 19 h 25, il était assis bien droit dans son lit retapé, lavé de frais, contre ses oreillers, sa chevelure clairsemée bien peignée, quand son estomac parut soudain broyé ; pendant une ou deux minutes, la douleur refusa de relâcher son étreinte effrayante. Il ferma les yeux et serra si fort les poings que la sueur perla sur son front ; les paupières encore fermées, il ébaucha une prière à Quelqu'un, malgré son passage récent de l'agnostisme à l'athéisme déclaré.

Deux ans plus tôt, à l'Oxford Book Association, il avait assisté à la lugubre conférence d'un saint homme qui proposait l'inquiétante philosophie de la Terrible Symétrie, où débits et crédits s'équilibrent inexorablement, éternellement, sur les plateaux de la balance et où celui qui essaie de dérober un plaisir secret sera vite obligé d'en payer le prix — agrémenté le plus souvent d'un pourboire copieux. Quelle affligeante ineptie (avait ajouté le sage) de croire que l'hédoniste puisse être heureux !

Seigneur !

Pourquoi l'inspecteur avait-il jamais songé aux plaisirs d'un petit verre ? Le salaire du péché, c'est la mort, et la nuit qui précède vaut rarement le matin suivant (selon la formule consacrée). Tous les mortels, il le savait, foulaient continuellement cette route étroite longeant le bûcher de Tophet jusqu'au jour du Jugement ; il priait que ses derniers pas fussent retardés d'une ou deux semaines au moins.

Soudain, aussi brusquement qu'elle était venue, la douleur s'en alla et Morse rouvrit les yeux.

L'horloge surplombant l'estrade de la surveillante (selon la lugubre nouvelle annoncée auparavant, Nessie serait de service cette nuit-là) indiquait 19 h 30 quand les visiteurs commencèrent d'affluer avec leurs offrandes enfouies dans des sacs estampillés Sainsbury ou St Michael ou avec des bouquets pour les nouveaux arrivés.

Hélas ! la vie est si riche en déceptions ; ce devait être un visiteur inattendu qui monopoliserait le temps de notre inspecteur ce soir-là. Chargée d'un assortiment de chrysanthèmes défraîchis, une femme à l'air sombre, à l'orée de la vieillesse, s'avançait pour s'approprier la seule chaise placée à son chevet.

— Mrs. Green ! Comme c'est gentil à vous d'être venue !

Morse était atterré, et le fut plus encore quand la consciencieuse femme de charge contesta la capacité actuelle du malade de s'occuper, tout seul, de questions aussi cruciales que les serviettes, la pâte dentifrice, le talc et des pyjamas propres (surtout ce dernier point). C'était merveilleusement gentil de sa part (qui eût pu le nier ?) de se donner tant de mal pour le voir (*trois* autobus, comme Morse le savait fort bien) ; mais il savait aussi qu'il désirait ardemment qu'elle se lève et s'en aille.

A 20 h 5, après une demi-douzaine de « il faut vraiment que j'y aille », Mrs. G. se remit sur ses vieux pieds pour se préparer à partir, en dispensant ses instructions pour la santé des chrysanthèmes. Enfin (enfin !), après un récit concis, fort heureusement, de sa dernière visite à son pédicure de Banbury Road, elle traîna ses pieds bien éprouvés à l'extérieur de la salle 7C.

A plusieurs reprises, depuis le chevet paternel, Christine Greenaway s'était à demi retournée au milieu de ses obligations filiales ; deux ou trois fois, son regard avait croisé celui de l'inspecteur ; le sien à elle exprimait un demi-sourire de compréhension ; le sien à lui toute l'impuissance d'une baleine échouée.

Au moment précis où Mrs. Green se retirait, un interne en blouse blanche, escorté de l'infirmière de service, décida (sottement) de consacrer dix minutes de son temps à Greenaway senior puis, par quelques apartés *sotto voce*, de confier son diagnostic à Greenaway junior. Pour Morse, ce bouleversement du déroulement de la soirée devenait à peu près aussi exaspérant que l'attente du cocktail dans l'hôtel *Fawlty Towers* de la série télévisée.

A ce moment Lewis survint.

Jamais Morse n'avait été plus mécontent de voir son adjoint ; mais c'était lui, pourtant, qui avait donné ordre à Lewis de passer chercher son courrier et grâce à lui il prit possession de plusieurs enveloppes et d'une ou deux cartes postales ; les chaussures de Morse (son autre paire) attendaient désormais qu'il passe les prendre à Grove Street ; son permis de conduire devait être renouvelé dans les vingt prochains jours ; un livre exagérément onéreux sur *La Transmission des manuscrits anciens* était arrivé à la librairie de l'Oxford University Press ; une facture du plombier pour la réparation d'un robinet défectueux n'était toujours pas payée ; la Wagner Society lui demandait s'il voulait participer à une loterie pour obtenir un billet à Bayreuth pour le *Ring* ; Peter Imbert l'invitait à prendre la parole l'année prochaine dans un colloque de week-end, à

Hendon, consacré à la criminalité dans les centres urbains. Cette correspondance habituelle se présentait comme une coupe verticale de sa vie ; la moitié en était plaisante, il eût voulu oublier l'autre.

A 20 h 23 à l'horloge de la salle, Lewis lui demanda s'il pouvait faire autre chose.

— Oui, Lewis. Je vous en prie, sauvez-vous ! Je veux parler cinq minutes avec...

Morse hocha la tête dans la direction du lit de Greenaway.

— Eh bien, si c'est ce que vous voulez, chef, observa le visiteur en se levant lentement.

— C'*est* tout à fait ce que je veux, Lewis ! Je viens de vous le dire, non ?

Lewis sortit une grosse grappe de raisins verts sans pépins (cinq livres le kilo) de son cabas :

— J'ai pensé — nous avons pensé, la patronne et moi — que vous aimeriez en manger, chef.

Il était parti ; et Morse comprit, une seconde après son départ, qu'il ne se pardonnerait pas facilement une ingratitude aussi monumentale. Mais le mal était fait : *nescit vox missa reverti*.

La cloche retentit deux minutes plus tard et Christine se dirigea vers le lit de l'inspecteur en repartant pour lui remettre six grandes photocopies.

— J'espère que c'est ce que vous vouliez.

— Je vous suis si reconnaissant. C'est... c'est dommage que nous n'ayons pas eu l'occasion de...

— Je comprends. Je comprends très bien. Et vous me tiendrez au courant si je puis encore vous être utile ?

— Écoutez... peut-être que nous...

— On se dirige vers la sortie !

La voix de l'infirmière responsable qui faisait le

tour de la salle paraissait presque aussi impérieuse que celle de Nessie.

— Je vous suis si reconnaissant, répétait Morse. Vraiment ! Comme je viens de le dire...

— Oui, fit doucement Christine.

— Repasserez-vous demain ? s'enquit-il rapidement.

— Non, non, pas demain. Nous recevons la visite de quelques bibliothécaires californiens.

— On *sort*, maintenant !

Mrs. Green, le sergent Lewis, Christine Greenaway — ils étaient tous partis, à présent ; déjà, on poussait le chariot de médicaments de lit en lit et les infirmières commençaient un nouveau circuit de mesures et de médicaments.

Morse était triste comme une pierre.

C'est à 21 h 20, finalement, qu'il se cala contre ses oreillers pour jeter un coup d'œil rapide sur les photocopies apportées par Christine. Il ne tarda pas à être profondément et heureusement absorbé, sa mélancolie temporaire l'abandonnant sur-le-champ.

CHAPITRE XIV

> « Faire partie de la terre des vivants, c'était en soi-même un privilège de survivant, car un si grand nombre de nos frères et nos sœurs avaient chu sur le bord de la route, morts à *la naissance, nourrissons ou enfants* ! »
>
> (Roy et Dorothy Porter, *In Sickness and in Ealth*)

Les documents manipulés par l'inspecteur étaient exactement le genre de choses propres à fortifier la philosophie de l'étude des sources qui contaminait les programmes du baccalauréat anglais. Pour Morse, dont le certificat élémentaire en histoire (avec félicitations) n'avait guère exigé davantage qu'une familiarité relative avec les semeuses et autres progrès techniques de l'agriculture de la fin du XVIIIe siècle, ils constituaient une lecture fascinante. Particulièrement poignante, à son gré, l'introduction au *Guide d'assurance et manuel de 1860* (grâces soient rendues à cette fille qui avait su trouver l'année exacte !) où l'auteur anonyme affirmait son intention de batailler dans cette « vallée de larmes » aussi longtemps qu'il le pourrait :

« Ainsi tous nos efforts sont sans cesse requis, non pour surpasser ce que nous pouvons appeler l'"équivalence" biblique de la longueur d'une vie — les fameuses soixante-dix années — mais pour tâcher de s'en approcher. Seules, en effet, une vigilance et une énergie continuelles dans notre travail de conservation personnelle nous permettront de découvrir à l'horizon la moyenne prévue ; avec un peu de chance et de bon sens (ainsi que la grâce de Dieu) de l'atteindre. »

Il n'était pas sans intérêt de trouver entre parenthèses le Tout-Puissant, même en 1860, et Morse se dit qu'il aurait aimé connaître l'auteur de ce texte. Mais, quand ce même auteur poursuivit en affirmant que « la mortalité avait décru des deux cinquièmes entre 1720 et 1820 », son lecteur commença de se demander ce que pouvait bien signifier un énoncé aussi curieusement peu scientifique, un véritable non-sens, en réalité. Ce qui paraissait évident, à lire ces petits caractères, c'était que la durée de vie moyenne commençait à s'allonger et qu'au milieu du XIXe siècle, les compagnies d'assurances s'adaptaient à ce phénomène sociologique à coups de tarifs et de primes de plus en plus avantageux, malgré les tristes statistiques correspondant à chaque année jusque vers 1850. Comme en 1853, par exemple, les chiffres pour l'instant examinés par Morse. Du demi-million d'âmes disparues recensées par le guide, 55 000 étaient mortes de consomption, 25 000 de pneumonie, 24 500 de convulsions, 23 000 de bronchite,

20 000 de mort et faiblesse prématurées, 19 000 de typhus, 16 000 de scarlatine, 15 000 de diarrhée, 14 000 d'une maladie de cœur, 12 000 d'une toux aspirante, 11 000 d'hydropisie, 9 000 d'apoplexie, 8 500 de paralysie, 6 000 d'asthme, 5 750 de cancer, 4 000 de problèmes dentaires, 3 750 de rougeole, 3 500 du croup, 3 250 de petite vérole, 3 000 (mères) en couches ; et ainsi de suite, des chiffres décroissant, évoquant des maladies du cerveau, du rein, du foie et d'autres parties périssables de l'anatomie — ainsi que la vieillesse ! Ajoutant rapidement ces chiffres, Morse se rendit compte qu'ils n'expliquaient qu'un tiers des 500 000 morts ; et il supposa que même si on pouvait ajouter quelques autres catégories (à commencer par celle du meurtre !), il devait y avoir eu de vastes quantités de gens, à l'époque, dont les morts n'entraient dans aucune catégorie, pour une raison ou pour une autre, bien qu'elles s'inscrivissent dans les statistiques nationales. Peut-être que la plupart n'étaient pas assez importants pour qu'on prît la peine de mentionner leur maladie particulière sur l'acte de décès ; peut-être que beaucoup de médecins, de sages-femmes, d'infirmières, d'employés d'hospices ou autres, ne savaient pas, ne voulaient pas savoir ou s'en moquaient.

Comme il se renversait contre ses oreillers et réfléchissait au sort de l'infortunée Joanna Franks, qui n'était morte ni de consomption ni de pneumonie... ni de..., il s'endormit soudain si profondément qu'il manqua sa tasse de lait malté de 22 heures et son biscuit digestif favori ; lorsqu'il se réveilla à 23 h 45, il avait la gorge sèche et l'esprit clair. Les lumières étaient réduites de moitié et les autres patients semblaient dormir du sommeil du juste, à l'exception de l'homme entré tard dans l'après-midi et auquel le personnel médical avait prodigué des soins plutôt inquiétants ; il gisait, fixant le plafond, songeant sans doute à l'effondrement imminent de sa carrière terrestre.

Nessie restait invisible : l'estrade était déserte.

Il venait de faire un vilain petit rêve. Il jouait au criket peu après son entrée à la *grammar school* ; quand son tour vint de manier la batte, impossible de trouver ses bottines... quand enfin, il les avait trouvées, les lacets n'arrêtaient pas de s'emmêler ; il allait pleurer d'énervement quand il se réveilla. C'était peut-être d'avoir entendu Mrs. Green parler de son pédicure ? Ou bien la carte du cordonnier apportée par Lewis ? Ou autre chose ? Ne s'agissait-il pas plutôt d'une jeune femme de 1859 qui avait crié, avec une intonation désespérée, terrifiée : « Qu'avez-vous fait de mes chaussures ? »

Il jeta un autre coup d'œil : l'estrade était toujours déserte.

Il ne risquait pas de nuire au bien-être de la salle commune s'il allumait sa lampe individuelle ? Surtout s'il la pointait sur ses oreillers ? Non ! Qu'il lise un livre ne gênerait personne, d'ailleurs le moribond avait gardé *sa* lampe allumée en permanence.

Appuyant sur le bouton, il alluma, sans réaction de personne ; et toujours pas de signe de Nessie.

La troisième partie de *Meurtre sur le canal d'Oxford* était à sa portée ; mais l'inspecteur ne tenait pas à l'aborder trop vite. Il se revoyait lisant *La Maison d'âpre-vent* de Dickens pour la première fois (qui restait à son avis le plus grand roman anglais) : il avait délibérément ralenti son rythme de lecture à mesure que les pages diminuaient sous son doigt. Jamais il n'avait souhaité à ce point s'attarder sur une histoire ! Non que le travail du colonel suscitât le moins du monde le même enthousiasme ; pourtant, Morse voulait le faire durer — c'est du moins ce qu'il se disait. Ce qui lui laissait la possibilité, non déplaisante, de quelques chapitres supplémentaires du *Billet bleu* — maintenant que Mr. Greenaway dormait à poings fermés. L'étude de la criminalité dans le Shropshire du XIXe siècle avait déjà rejoint le domaine des causes perdues.

Il fut bientôt plongé dans les exploits d'une blonde qui, si elle avait porté des bas noirs, les aurait choisis munis de flèches verticales indiquant « La culotte est là », si elle en avait porté, du reste. Morse passait un moment bien agréable au milieu d'une parade de corps nus, d'étreintes de poitrines, de caresses de fessiers ; si agréable qu'il ne remarqua pas son approche :

— Mais où vous croyez-vous donc ?

— Je...

— Extinction des feux à 10 heures. Vous dérangez tout le monde dans la salle.

— Ils dorment tous.

— Ça ne va pas durer, avec vous dans le coin !

— Navré...

— Qu'est-ce que c'est que ça ?

Avant qu'il ait pu l'empêcher, Nessie lui avait ôté le livre des mains et il ne put que la regarder faire, désarmé. Elle ne fit aucun commentaire, n'émit aucun jugement moral, et Morse se demanda s'il n'avait pas vu une rapide lueur d'amusement dans ces yeux vifs tandis qu'ils parcouraient un ou deux paragraphes.

— Temps de dormir ! fit-elle d'une manière point méchante en lui rendant le livre.

Elle avait la voix aussi tendue que son uniforme et l'infortuné lecteur rangea son livre dans son chevet.

— Et faites attention à votre jus de fruits !

Elle déplaça le verre à demi vide d'un millimètre sur la gauche, éteignit la lampe et s'en fut. Morse s'installa à son aise dans la chaleur et le confort de son lit, tel le lys de Tennyson qui glisse lentement au sein du lac...

Cette nuit-là, il rêva en Technicolor (il l'eût juré !) bien qu'il sût que les onirologues eussent contredit une telle affirmation. Il vit la sirène à la peau brune, à peine vêtue, dans ses bas noirs fléchés et se rappelait même ses sous-vêtements couleur lavande. Ce fut presque un rêve parfait ! Presque. Car une nécessité lancinante et paradoxale revenait dans son cerveau, exigeant qu'il fournît un nom, un lieu et un moment *factuels* avant de s'approprier cette flibustière sans inhibitions sexuelles. Et, dans l'ordinateur embrouillé qu'était l'esprit de Morse, cette sirène prenait le nom d'une certaine Joanna Franks, qui longeait, provocante, le canal vers Duke's Cut, au mois de juin 1859.

Quand il se réveilla (ou plutôt, qu'on le réveilla) le lendemain, il se sentit merveilleusement rafraîchi et prit la décision de ne pas risquer une troisième humiliation à cause du *Billet bleu*. Une fois le petit déjeuner, la température, la toilette, la prise de tension, le journal, les médicaments, le bouillon cube, une fois tout cela derrière lui — sans un visiteur à l'horizon —, il s'installa confortablement pour découvrir ce qui était au juste arrivé à la jeune femme qui avait de façon si intense envahi son imaginaire nocturne.

CHAPITRE XV

Troisième partie

Un procès différé

On retrouva le corps de Joanna Franks à Duke's Cut vers 5 h 30 du matin le mercredi 21 juin 1859. Philip Tomes, batelier, déclara qu'il descendait le canal en direction d'Oxford quand il aperçut quelque chose dans l'eau — un objet vite identifié comme la partie d'une robe de femme ; qu'y avait-il d'autre, il n'arrivait pas pour le moment à le discerner dans les eaux assombries. L'objet se trouvait du côté opposé au chemin de halage et il finit par reconnaître un corps de femme, sans coiffe ni chaussures. Elle flottait à côté de la rive, la tête vers le nord, les pieds vers le sud, et ne bougeait pas. Elle tournait le dos au ciel et son visage paraissait très noir. Tomes immobilisa son bateau et avec une gaffe poussa doucement le corps vers le chemin où il le tira de l'eau, aidé par John Ward, un pêcheur de Kidlington, qui se trouvait passer là de bon matin. En fait, ce fut Ward qui eut la présence d'esprit de faire transporter le corps, non encore raidi, à l'*Auberge de la Charrue* de Wolvercote.

D'après divers témoignages entrelacés, bien qu'on en doive une partie aux coupables eux-mêmes, il semble qu'Oldfield et Musson (et d'après un compte rendu, Towns aussi) aient quitté le *Barbara Bray*, à peu près à l'endroit où périt Joanna, et qu'ils aient été vus debout ensemble sur le chemin de halage juste au-dessous de Duke's Cut. Un homme avait traversé ces parages au moment crucial, 4 heures du matin ou juste après, et Oldfield comme Musson lui avaient demandé, avec une grande présence d'esprit, s'il avait remarqué une femme marchant le long du canal. Le passant avait répondu un « Non ! » très clair, ils s'en souvenaient fort bien, et il avait continué son chemin à toute allure. Pourtant, les deux (ou peut-être les trois) hommes lui avaient répété la question, non sans angoisse.

(Il est clair que le témoignage de cet inconnu aurait pu être vital pour étayer les affirmations des bateliers. Mais on ne retrouva jamais sa trace, malgré une enquête approfondie dans la région. Un quidam répondant vaguement au signalement, un certain Donald Favant, avait signé le registre de l'auberge *Nag's Head* à Oxford, pour la nuit du 20 ou 21 juin — on ne savait trop —, mais cette personne ne se présenta jamais. On peut raisonnablement en déduire, comme on le fit à l'époque, que l'histoire était intelligemment fabriquée de toutes pièces par ces hommes désespérés.)

Jonas Bamsey, docker employé par l'Oxford Canal Authority sur le quai de Hayfield à Oxford, témoigna au procès que le *Barbara Bray* avait normalement effectué un déchargement partiel, sans que son capitaine, Oldfield, ne déclare la perte d'un passager — ce qui lui incombait obligatoirement d'après le règlement du canal. Bien au contraire, selon les indices rares et incohérents, qui existent à ce sujet, les bateliers semblent s'être confiés à certaines de leurs connaissances d'Upper Fisher Row, en prétendant que la passagère avait perdu l'esprit ; qu'elle s'était suicidée ; qu'une fois au moins, ils avaient dû la sauver d'une tentative de noyade sur le trajet qui suivait Preston Brook.

Plus tard au cours de cette atroce journée, lorsque l'équipage de la péniche s'apprêtait à franchir l'écluse d'Iffley sur la Tamise, à deux milles en aval de Folly Bridge, Oldfield apprit au gardien, Albert Lee, et à sa femme (qui s'appelait elle aussi, coïncidence, Joanna) qu'une passagère sur son bateau s'était noyée ; mais qu'elle était tristement dérangée et qu'elle les avait mis à rude épreuve, lui et ses hommes, depuis son embarquement à Preston Brook. A l'évidence, Oldfield était encore très ivre. Pressé d'expliquer ce qu'il voulait dire, il se contenta d'affirmer : « C'est une très sale histoire qui s'est passée. » La passagère « ne savait plus ce qu'elle disait » et l'équipage l'avait vue pour la dernière fois non loin de l'écluse de Gibraltar. Pourtant, Oldfield refusa violemment la suggestion de Lee qui conseillait de rebrousser chemin vers Oxford pour démêler la tragédie ; ce qui renforça les soupçons du gardien d'écluse. Dès le départ du *Barbara Bray*, il se mit en route pour Oxford où il se rendit au bureau de la Pickford, laquelle contacta à son tour la police.

Quand l'infâme embarcation atteignit enfin Reading (avec, non sans raison, plus de deux heures de retard) le brigadier Harrison l'attendait, avec les renforts nécessaires, pour enfermer l'équipage entier et témoigner que tous, y compris l'adolescent, étaient encore visiblement ivres et très injurieux tandis qu'il leur mettait les menottes et les escortait jusque dans une cellule temporaire à la prison de Reading. L'un d'eux, comme il s'en souvenait fort bien, avait été assez vil pour reprendre l'une de ses invectives à l'encontre de Joanna Franks et il l'entendit murmurer : « Le diable emporte cette femme perverse ! »

Hannah MacNeill, servante à l'*Auberge de la Charrue*, à Wolvercote, témoigna que lorsqu'on apporta le corps détrempé depuis le canal, elle s'était employée, sur ordre, à enlever les vêtements de Joanna. La manche gauche était déchirée à l'épaule de même que le poignet gauche. Tomes et Ward, pour leur part, affirmèrent qu'ils n'avaient pas déchiré ni percé les vêtements de la noyée en la retirant soigneusement de l'eau à Duke's Cut.

Katharine Maddison témoigna qu'elle avait aidé Hannah MacNeill à ôter les habits détrempés. Elle avait bien remarqué, en particulier, l'état de la culotte de calicot de la victime, fendue sur le devant. On présenta ce vêtement à la Cour ; nombre de personnes devaient convenir par la suite que la présentation d'un article aussi intime avait renforcé le sentiment universel de dégoût à l'encontre de ces hommes brutaux à présent accusés de meurtre.

Mr. Samuels, le chirurgien d'Oxford qui examina le corps pour l'enquête, avait constaté des contusions sous le coude gauche et d'autres signes de lésions sous-cutanées sous les pommettes droite et gauche ; il définit le visage de la morte comme « décoloré et défiguré ». Il convint que ces blessures faciales, telles qu'elles se présentaient, pouvaient résulter d'accidents non identifiés sous l'eau, ou être survenues au cours de la récupération du cadavre. Pourtant, une telle possibilité semblait à présent, tant pour le Juge que le Jury, de plus en plus invraisemblable.

Le jeune Wootton donna alors sa version des faits tragiques et s'exprima vigoureusement sur un point : Towns s'était « complètement pété la cervelle » la nuit précédant *l'invention* du corps et il dormait à poings fermés au moment où le meurtre avait dû se produire car il l'avait entendu « ronfler bruyamment ». Nous ne saurons jamais si Towns avait obligé Wootton à donner ce témoignage devant la Cour — après l'avoir menacé. A en juger par la suite des événements, cependant, il semble que nous puissions donner crédit à sa déposition.

Joseph Jarnell, le compagnon de cellule dont le témoignage avait motivé un autre procès, exposa à la Cour les effrayantes confessions d'Oldfield à l'époque où les deux hommes étaient emprisonnés ensemble. L'essence de ces « confessions » consistait à rejeter, assez grossièrement, la responsabilité de presque tout ce qui s'était passé sur Musson et Towns. Mais, malgré l'air de franchise du bonhomme et la cohérence de son compte rendu, l'histoire de Jarnell eut peu ou presque pas d'influence. Pourtant, son histoire suscita l'intérêt si elle n'emporta pas l'assentiment. Entre autres allégations incroyables brandies par Oldfield, celle que Joanna Franks eût plus de cinquante souverains d'or dans l'une de ses deux malles ; que Towns l'avait découvert, surpris par la passagère en train de fouiller ses malles. Elle avait menacé (c'est ce qu'il prétendait) de le dénoncer au prochain bureau de la Pickford s'il ne s'amendait et ne s'excusait sur-le-champ en restituant tout ce qu'il avait pris. (On ne tint aucun compte de ces sornettes à l'époque et l'on peut tranquillement les oublier aujourd'hui.)

On retrouva dans l'une de ses malles, malle dont

la corde était coupée, avec de nombreux autres objets, le couteau que Joanna avait aiguisé. On supposait qu'à un moment ou à un autre les bateliers avaient ouvert les effets de la passagère après le meurtre et remis le couteau dans la malle. Il était en tout cas très probable qu'ils aient eu l'intention de voler certains de ses biens car, comme nous l'avons vu, une accusation de vol avait été formulée, dans les termes les plus vigoureux, dans le premier acte d'accusation de l'équipage lors du procès d'août 1859. Il semble cependant que l'avocat général, au moment du second procès, se soit senti assez sûr de lui pour renoncer à ce chef et se concentrer sur l'accusation de meurtre puisque aussi bien l'accusation secondaire (qui eût de toute façon été difficile à étayer) fut par la suite rejetée. Nous avons déjà vu que la même procédure avait été suivie, dans le premier procès, au sujet de l'accusation de viol ; il est peut-être d'un intérêt étrange et macabre de noter que dans le premier procès les accusations de vol et de viol (de même que celle de meurtre) furent brandies contre chaque membre de l'équipage — y compris le jeune Wootton.

Entre tous les témoignages donnés lors de ce second procès mémorable d'avril 1860, c'est certainement celui de Charles Franks qui suscita la plus grande émotion, la sympathie la plus large. Le pauvre homme pleurait bruyamment à son entrée dans le box des témoins et il semblait qu'il fût au-dessus de ses forces de lever le regard vers les prisonniers ou de les dévisager. A l'évidence, il aimait profondément sa femme Joanna et, tournant le dos aux êtres infâmes réunis devant la cour, il expliqua comment, suite à une information, il s'était rendu dans l'Oxfordshire pour découvrir le cadavre de sa femme au moment de l'enquête. Car, bien que celui-ci fût affreusement défiguré (ici, le pauvre type ne put retenir son émotion), il l'avait tout de même reconnu par une petite marque derrière l'oreille gauche de sa femme, une marque que seul un parent ou un amant pouvaient connaître. L'identification fut encore corroborée (dans l'hypothèse où elle eût été nécessaire) par les chaussures plus tard retrouvées dans la cabine avant du *Barbara Bray* qui épousaient au millimètre les contours des pieds de la morte.

Après l'audition, et le long récapitulatif de Mr. Augustus Benham, le Jury, conduit par son président dûment nommé, demanda à Sa Seigneurie la permission de se retirer pour délibérer.

CHAPITRE XVI

> « Dans l'hôtel donnant sur la mer, à Brighton, il a mangé un bon petit déjeuner d'œufs au bacon, de toasts à la marmelade ; puis il s'est promené autour de la ville avant de revenir à la gare pour prendre le train de Worthing. »
>
> (Témoignage donné au procès de Neville George Clevely Heath, le lendemain du meurtre de Margery Gardner)

C'était peut-être le rêve.

Quoi qu'il en fût, Morse savait qu'un je-ne-sais-quoi l'avait finalement déterminé à opter pour l'histoire du colonel : il commençait à tenir compte de deux ou trois faits capitaux qui n'avaient pas cessé de lui crever les yeux.

Le premier d'entre eux, c'était le caractère de Joanna Franks elle-même. Comment avait-il pu se faire — mis à part les circonstances fortuites, involontaires ou préméditées de la mort de la passagère — que l'équipage du *Barbara Bray* ait répété que l'infortunée n'avait été pour eux tous qu'une longue épreuve affligeante depuis le moment où elle avait sauté à bord à Preston Brook ? Comment expliquer qu'ils continuassent d'envoyer la pauvre âme au diable, bien *après* qu'ils l'eurent poussée dans le canal et, pour autant que Morse ou quiconque le sût, lui avaient tenu la tête sous les eaux noires jusqu'à ce qu'elle cesse de se tordre dans l'agonie sous leurs mains meurtrières ? Avait-on expliqué ces faits de manière satisfaisante ? D'accord, il avait encore la quatrième partie à lire. Mais jusqu'ici, la réponse était « non ».

Il y avait, malgré tout (l'idée en venait à notre inspecteur), une explication possible à l'affaire, et le brave colonel n'y avait même pas fait allusion — soit qu'il eût un trop grand sens des convenances ou manquât d'imagination : *Joanna n'était peut-être qu'une allumeuse* : une femme qui, au cours des heures interminables qu'avait duré ce voyage, avait entrepris de rendre l'équipage plus ou moins fou à force de propositions provocantes, et d'encourager les inévitables jalousies qu'elle ne devait pas manquer de susciter.

Oublie ça, Morse !

Oui, oublie ça ! Aucune preuve n'étayait cette hypothèse. Aucune ! Pourtant, l'idée s'attardait, refusait de partir. Une femme séduisante... ennui... boisson... un tunnel... ennui redoublé... davantage de boisson... un autre tunnel... obscurité... désir... occasion... encore à boire... davantage de titillations priapiques dans les reins... Oui, le colonel avait peut-être compris cela. Mais si c'était Joanna elle-même qui jouait le rôle d'un catalyseur actif dans cette affaire ? Si elle avait désiré ces hommes autant qu'ils l'avaient désirée ? Si c'était elle (soyons simple, Morse !) *qui avait voulu faire l'amour aussi fort qu'eux ?* Si elle avait préfiguré Sue Bridehead dans *Jude l'Obscur*, qui rend fou le pauvre vieux Phillotson, de même que le pauvre vieux Jude ?

« Préoccupations masculines ! lui souffla une petite voix intérieure. Les réflexions typiques d'un vieux cochon de phallocrate comme toi ! »

Il y avait encore une considération générale qui, du point de vue de la justice criminelle, lui semblait bien plus convaincante et, de loin, moins litigieuse. Dans la salle du tribunal, les chances étaient de toute évidence plutôt contraires à l'équipage du *Barbara Bray* — et la « présomption d'innocence » jouait clairement un rôle secondaire par rapport à l'« hypothèse de culpabilité ». L'impartial colonel lui-même avait laissé ses préjugés l'emporter : il avait déjà décidé que toute inquiétude ostensible de la part des bateliers pour la passagère disparue (supposée noyée) n'était arborée qu'avec une « grande présence d'esprit » afin de se préparer un alibi qui eût pu être recevable ; il avait déjà décidé que ces mêmes bateliers « encore très ivres » (et par déduction qui continuaient à se rincer le gosier comme des picoleurs patentés) avaient manœuvré leur infâme esquif sur la Tamise jusqu'à Reading sans avoir ne fût-ce que la décence de mentionner à quiconque le petit détail du meurtre commis en chemin. Les pervers (Morse s'interrogeait) avaient-ils tendance à s'enivrer ou à devenir plus sobres après avoir perpétré des crimes aussi odieux ? Question intéressante...

Oui ; et il y avait un troisième point d'ordre général — qui lui paraissait fort étrange : on avait renoncé, pour quelque raison, aux accusations de vol et de viol. Était-ce parce que le ministère public, sûr de lui, avait décidé de tout miser sur l'accusation plus lourde de meurtre — avec l'idée (parfaitement justifiée) qu'il disposait d'assez de preuves pour convaincre « Rory » Oldfield et compagnie d'homicide ? — ou bien était-ce parce qu'il n'avait pas assez confiance en sa capacité de les confondre sur les chefs mineurs d'accusation ? Certes, comme il semblait vaguement s'en souvenir depuis l'école, pas plus le viol que le vol n'eussent été tenus pour un crime très véniel au milieu du siècle passé, mais... Ou fallait-il tout simplement croire que ces accusations avaient été abandonnées parce qu'il n'y avait pas de preuve convaincante qui les étayât ? Si oui, fallait-il comprendre que l'accusation d'homicide n'avait été saisie par le ministère public que pour cette unique raison — elle offrait le *seul* espoir de punir ces misérables ? Bien sûr, en ce qui concernait le viol multiple, la preuve devait être fort incertaine — comme le juge l'avait déclaré lors du premier procès. Mais qu'en était-il du vol ? La première condition du vol était que la personne spoliée possédât quelque chose qui vaille d'être volé. Qu'avait donc la pauvre Joanna sur elle, ou dans ses deux mallettes, qui justifiât un vol ? Car les faits disponibles tendaient à prouver qu'elle n'avait pas un sou. Le prix du voyage lui avait été envoyé de Londres par son mari ; même confrontée aux risques atroces d'une traversée en compagnie d'un équipage ivre et vicieux — en tout cas après avoir dépassé Banbury —, elle *n'avait pas* pris ni été *capable* de prendre un autre moyen de transport pour rejoindre son mari qui l'attendait dans Edgware Road. Alors ? Qu'avait-elle donc qui méritât un vol ?

Et puis il y avait ces chaussures ! Joanna avait-elle délibérément abandonné ses chaussures ? Aimait-elle le contact de la boue entre les orteils sur le chemin de halage ? Telle quelque hippie nu-pieds sur une sente détrempée autour de Stonehenge à l'aube ?

Quelle étrange affaire ! Plus il y réfléchissait, plus nombreuses étaient les questions qui se présentaient à son esprit. Il avait connu beaucoup d'affaires où les preuves juridiques et médico-légales avaient eu une importance décisive pour le verdict final. Cependant, les conclusions qu'on avait sans doute tirées des attendus vaguement scientifiques de Mr. Samuels n'impressionnaient que fort peu notre inspecteur. Aux yeux de Morse (qui n'avait aucune qualification médicale ou scientifique, il devait l'admettre) l'état de la robe, l'hématome décrit auraient tendu à prouver qu'on maintenait solidement Joanna par-derrière, tandis que la main gauche de l'assaillant (?) agrippait son poignet gauche ; et que la main droite lui bâillonnait la bouche, où le pouce et l'index, presque à tout coup, auraient produit le genre d'hématome mentionné dans la description.

Que fallait-il penser de ce Jarnell ? Le ministère public avait dû considérer son éventuel témoignage, lors des premières auditions, comme un fait capital. Pourquoi, sinon, retarder de six mois un procès — sur la foi d'un gibier de potence ? Le colonel lui-même donnait au gaillard une bonne recommandation ! Comment expliquer, dans ces conditions, que lorsqu'il se présenta, comme prévu, pour dévider son histoire, personne n'eût consenti à l'écouter ? Y avait-il eu quelque chose, un fait, quelque part, qui avait incité à écarter, ou du moins négliger, les révélations que son compagnon de cellule, Oldfield, lui avait faites ? Car, quelles que fussent les accusations dont on pouvait charger Oldfield, celle d'incohérence n'en était pas. A trois reprises, après la mort de Joanna, il avait affirmé qu'elle « avait perdu l'esprit », « était tristement dérangée », « ne savait plus ce qu'elle disait »... Il semblait d'autre part que les témoignages des bateliers fussent unanimes qui affirmaient qu'une fois au moins (cela voulait-il dire qu'il y en avait eu deux ?) ils avaient empêché Joanna de se noyer. Le seul point vital révélé par Jarnell c'était qu'Oldfield eût non seulement affirmé son innocence, mais qu'il eût aussi cherché à rejeter toute responsabilité sur ses collègues. Il ne s'agissait certes pas d'un comportement très louable ! Pourtant, *s'il était innocent lui-même*, qui aurait-il pu accuser ? A l'époque, en tout cas, personne n'avait voulu écouter sérieusement ce que Jarnell ou Oldfield pouvaient dire. Mais s'ils avaient raison ? Ou si *l'un d'eux* avait raison ?

Une étrange pensée lui vint à l'esprit à cet instant, aussitôt mise en veilleuse — prête à rejaillir le moment venu. Une autre idée, plus importante, l'avait frappé simultanément : il ne devait pas oublier qu'après tout il se livrait là à un simple petit jeu ; s'efforçait de traverser quelques jours de convalescence en s'amusant à résoudre un petit problème — comme on s'amuse à trouver la clef de mots croisés compliqués tirés du *Listener*. Le jeu était seulement plus inquiétant... la manière dont les dés n'avaient cessé d'être pipés contre ces ivrognes qui avaient assassiné Joanna Franks.

Et le doute insinuant persistait.

S'ils avaient...

CHAPITRE XVII

> « L'auteur de romans policiers, en général, aspire à la complication et à l'intelligence, il est prêt à rejeter l'évidence et si possible à acquitter l'accusé. Il se sent mal à l'aise tant qu'il n'est pas allé plus loin et n'a pas trouvé une nouvelle explication satisfaisante au problème. »
>
> (Dorothy L. Sayers, *Le Meurtre de Julia Wallace*)

La pensée que les bateliers aient pu ne pas être coupables de l'assassinat de Joanna Franks devait s'avérer l'une de ces notions entêtantes qui s'évaporent au lever de la raison. Car s'ils n'étaient pas responsables, qui l'était, au nom du ciel ? Pourtant, Morse aurait presque parié que si le procès avait été instruit un siècle plus tard, il n'y aurait eu aucune condamnation requise. Certes, à l'époque, le verdict du jury avait paru assuré et satisfaisant, surtout aux foules massées dans la rue et réclamant du sang. Mais fallait-il rendre ce verdict ? Certes, les soupçons concomitants auraient suffi à condamner un saint ; mais il n'y avait aucune preuve *directe*, n'est-ce pas ? Pas de témoins du meurtre ; aucune indication de la manière dont le meurtre avait été commis ; pas de mobile convaincant. Rien, sinon une heure et un lieu et Joanna étendue à l'époque sur le ventre dans Duke's Cut.

A moins, bien sûr, que certains éléments de preuve n'aient pas été rapportés — dans le premier ou dans le deuxième procès ? A l'évidence, le colonel s'intéressait davantage à la moralité douteuse des bateliers qu'à la constitution du témoignage et il était fort capable d'avoir omis toute déposition décisive des témoins qui avaient pu se présenter. Il ne serait peut-être pas inutile — dans le jeu inoffensif qu'il jouait — de jeter un rapide coup d'œil sur les registres de la cour s'ils existaient encore ; ou sur les exemplaires concernés du *Jackson's Oxford Journal*, qui existait certainement, Morse le savait, sur microfiches à l'Oxford Central Library. (Et à la Bodléienne aussi !) En tout cas, il n'avait pas fini le livre du colonel. Car enfin, il lui restait peut-être beaucoup à apprendre dans le dernier épisode !

Il s'y plongea aussitôt.

Presque au même moment, il s'aperçut que Fiona se tenait près de son lit — Fiona à la poitrine généreuse, qui sentait vaguement l'été, et fortement le désinfectant. Elle s'assit alors sur le lit : il ressentit son contact pneumatique tandis qu'elle se penchait pour regarder par-dessus son épaule.

— Intéressant ?

Morse hocha la tête :

— C'est le livre qu'a apporté la pauvre vieille — vous savez, la veuve du colonel.

Fiona ne bougeait pas, et Morse s'aperçut qu'il relisait la même phrase brève pour la troisième, quatrième ou cinquième fois — sans y rien comprendre — tandis qu'il sentait la douceur de ce corps l'envahir. Se rendait-elle compte qu'elle prenait l'initiative de cette intimité, inoubliable même si elle était anodine ?

Sur quoi elle démolit tout.

— Je ne suis pas férue de lecture, ces temps-ci. Le dernier livre que j'ai lu, c'était *Jane Eyre* — pour le bac.

— L'histoire vous a plu ?

La pauvre chère Charlotte avait toujours eu une place particulière dans le cœur de l'inspecteur.

— Plutôt rasant, comme truc. Mais fallait le faire pour l'examen.

« Mon Dieu ! »

Croisant des jambes en bas sombres, elle ôta l'une de ses chaussures noires et plates afin d'en faire tomber quelque particule gênante.

— Quand donc les gens ôtent-ils leurs chaussures ? interrogea Morse. Normalement, je veux dire ?

— Drôle de question, non ?

— Quand ils ont un caillou dedans, comme vous ?

Fiona hocha la tête.

— Et quand ils vont au lit, ajouta-t-elle.

— Et encore ?

— Eh bien, quand ils vont patauger à Blackpool.

— Et puis ?

— Quand ils regardent la téloche en mettant les pieds sur le sofa — du moins s'ils ont une mère aussi maniaque que la mienne.

— Rien d'autre ?

— Pourquoi voulez-vous savoir tout cela ?

— S'ils ont des cors ou quelque chose de ce genre, poursuivait Morse, obstiné, et qu'ils vont chez le pédicure.

— Oui. Ou si leurs pieds leur font mal, se fatiguent. Ou s'ils doivent enlever leurs chaussettes ou leurs bas pour une raison ou une autre...

— Comme ?

Morse saisit un éclair de sensualité coquine dans ses yeux tandis qu'elle se relevait brusquement, retendait les draps, secouait les oreillers.

— Eh bien, si vous ne le savez pas encore, à votre âge...

« Oh ! mon Dieu ! »

L'âge.

Morse se sentait toujours aussi jeune ; puis, tout à coup, clairement, il comprit la manière dont le voyait cette jeune fille.

Vieux !

Mais la réapparition tout à fait inattendue du sergent Lewis devait dissiper cette tristesse : Lewis expliqua que le but de cette visite non officielle (il était 14 h 15) était d'auditionner une femme encore en soins intensifs, victime d'un horrible accident, un de plus, sur l'A 34.

— Ça va, ce matin, monsieur ?

— Je me sentirai joliment mieux quand j'aurai eu l'occasion de vous demander pardon pour l'autre jour — pour m'être montré si foutrement ingrat !

— Ah oui ? A quoi faites-vous allusion, monsieur ? Je croyais que votre ingratitude envers moi était sans limite.

— Je suis navré, c'est tout, fit Morse simplement et calmement.

Lewis, dont la colère n'avait pas cessé de crachoter et mijoter comme une soupe oubliée sur le réchaud, était entré dans la salle commune à reculons. Pourtant, quand il ressortit quelque dix minutes plus tard, il éprouvait le ravissement que lui inspirait toujours l'idée que Morse pouvait avoir besoin de *lui* — même s'il ne s'agissait, dans ce cas, que d'effectuer de petites recherches (Morse avait brièvement expliqué l'affaire) et d'essayer de découvrir si les registres de la cour d'assises pour l'année 1859-1860 étaient encore disponibles ; si oui, de voir s'il restait des comptes rendus des procès.

Après le départ de Lewis, Morse se sentait beaucoup plus en phase avec l'univers. Son adjoint lui avait volontiers pardonné ; il éprouvait une satisfaction qu'il était tout aussi malhabile à définir que Lewis, et ne comprenait qu'à semi. Et, outre Lewis parti regarder les registres, il avait un autre enquêteur sur le terrain : une bibliothécaire diplômée qui pourrait très vite sonder le *Jackson's Oxford Journal*. Cela ne signifiait pas qu'elle vînt ce soir-là, hélas !

Patience, Morse !

A 15 heures, il se replongea dans le début du quatrième et dernier épisode de feu le colonel Deniston.

CHAPITRE XVIII

Quatrième partie

La condamnation prononcée

On fit prêter serment à l'huissier escortant le Jury qui se retira sans tarder dans la salle des délibérés. Suite à une absence de trois quarts d'heure, les jurés regagnèrent la salle d'audience. Suivit une lecture de leurs noms, durant laquelle chacun dans la salle parut retenir son souffle d'anxiété en attendant le verdict. En réponse aux questions habituelles posées par Mr. Benham, le premier juré répondit que le Jury était unanime et jugeait chacun des trois prisonniers inculpés COUPABLE du meurtre de Joanna Franks. Il semble que ce verdict n'ait pas altéré visiblement les physionomies de l'équipage, sauf qu'Oldfield pâlit un instant.

La coiffe noire, emblématique de la mort, fut déposée sur la tête du Juge ; après avoir demandé aux prisonniers s'ils avaient quoi que ce soit à dire, il rendit son jugement avec gravité dans les termes suivants :

« Jack Oldfield, Alfred Musson, Walter Towns — à l'issue d'une longue et patiente audition des faits et après mûre réflexion du Jury, vous avez tous et personnellement été jugés coupables du très ignoble délit de meurtre — le meurtre d'une femme innocente et sans défense qui se trouvait sous votre protection et qui, cela ne fait maintenant aucun doute, fut la victime de votre instinct coupable ; puis, pour empêcher la découverte de votre crime, vous la soumîtes à votre cruauté. N'attendez pas de pardon ici-bas ! Demandez au Dieu de Miséricorde le pardon qu'il a seul le pouvoir de conférer aux pécheurs qui se repentent de leurs méfaits et préparez-vous dès à présent à la mort ignominieuse qui vous menace. Cette affaire est l'une des plus pénibles, des plus dégoûtantes, des plus choquantes dont j'aie jamais eu connaissance et il me reste à prononcer contre vous la terrible et juste condamnation de la loi : qu'on vous ramène là d'où vous venez, de là au lieu d'exécution afin que vous soyez, chacun d'entre vous, pendus par le cou jusqu'à ce que mort s'ensuive et que vos corps soient ensuite inhumés dans l'enceinte de la prison sans qu'il leur soit accordé le privilège d'un sol consacré. Que Dieu ait pitié de vos âmes ! »

Le procès une fois terminé, le jugement rendu, les trois hommes continuèrent de clamer leur innocence. De fait, la femme d'Oldfield, qui lui rendit visite en prison, fut à ce point perturbée par les protestations de son mari qu'elle « eut elle-même une crise d'hystérie ».

D'après diverses déclarations, dont celles d'Oldfield et Musson, il avait paru assez vraisemblable que Towns avait été plutôt moins mêlé aux événements du voyage que les deux autres. On ne fut donc pas étonné de voir quelques juristes estimer qu'il y avait motif à une reconsidération de dernière minute du jugement rendu contre lui ; un avocat emporta à Londres une lettre exposant leur sentiment et il obtint une entrevue privée avec le secrétaire d'État.

A la suite de ces démarches, Towns se trouva délivré, pour ainsi dire, à la onzième heure. La bonne nouvelle lui fut annoncée alors que les trois hommes recevaient pour la dernière fois le Saint-Sacrement des mains du chapelain de la prison. Towns fondit aussitôt en larmes et, s'emparant de la main de ses anciens associés, la baisa affectueusement en répétant : « Dieu te bénisse, mon ami ! Dieu te bénisse, mon ami ! » On le déporta peu de temps après à vie en Australie, où il vivait encore quand un certain Samuel Carter (originaire de Coventry, comme Oldfield et Towns) vint l'interroger ; passionné d'histoire locale, il écrivit un compte rendu de ses expériences lors de son retour en Angleterre l'année suivante[1].

Oldfield et Musson furent dûment pendus en public à Oxford. Selon le compte rendu des journaux, on estimait à dix mille personnes les témoins de ce macabre spectacle. Il semble que dès le petit jour, des hommes s'étaient juchés sur des murs, avaient grimpé aux arbres, s'étaient même perchés sur les toits des maisons environnantes pour ne rien perdre de l'atroce événement. Un placard affiché devant la porte de la prison spécifiait que l'exécution n'interviendrait pas avant onze heures ; mais, bien que cela causât grande déception parmi les spectateurs, ils n'en attendirent pas moins et l'on ne trouvait plus un pied carré de libre quand l'exécution commença, à l'heure dite.

Le premier à paraître fut le chapelain de la prison, lisant solennellement le service funèbre de l'Église

1. *Voyages et Conversations aux antipodes*, Samuel Carter, Farthinghill Press, Nottingham, 1886.

d'Angleterre ; vinrent ensuite les deux coupables ; suivaient le bourreau, puis le gouverneur, ainsi que quelques autres officiers supérieurs de la prison. Après qu'on leur eut lié les bras, les deux hommes montèrent d'un pas ferme sur l'échafaud et gravirent sans aide les marches jusqu'à la trappe. Après avoir ajusté les cordes autour de leur cou, le bourreau serra la main de chaque condamné ; puis, tandis que le chapelain entonnait son triste office, on tira le verrou et au bout d'une ou deux minutes, après bien des convulsions, les misérables bandits rendirent l'âme. La dislocation de la vertèbre cervicale et la rupture de la veine jugulaire avaient été instantanées. Une fois de plus, l'échafaud semblait avoir satisfait la fascination sadique de la foule, car on ne rapporte aucun trouble de l'ordre public au moment où la cohue se dispersa sous le plein soleil. On apprit plus tard, car on ne l'avait pas vu à l'époque, que le dernier geste d'Oldfield en ce monde avait été pour remettre au chapelain une carte postale destinée à sa jeune femme où le condamné continuait de proclamer son innocence du crime qui lui avait valu la peine capitale.

Très vite, on trouva dans les rues d'Oxford des feuilles de chou locales donnant tous les détails sensationnels du procès et de l'exécution. Elles offraient même un compte rendu intégral, avec les références bibliques précises, du dernier sermon prêché aux condamnés à 6 heures du soir, le dimanche précédant leur pendaison. Le texte, choisi d'évidence avec une insensibilité de vampire, aurait difficilement pu consoler les prisonniers, spirituellement ou physiquement : « Pourtant, ils ne m'ont pas écouté, ils n'ont pas tendu l'oreille, ils ont raidi leur nuque, ils ont été pires que leurs pères. » (Jérémie, VII, 26.)

L'horreur qu'inspirait à la population le meurtre de Joanna Franks ne s'apaisa pas avec le châtiment des coupables. Plusieurs, tant laïques que clercs, jugeaient qu'il fallait faire davantage pour améliorer la morale des bateliers sur les cours d'eau. Bien sûr, ils n'ignoraient pas qu'ils étaient obligés de travailler le jour du sabbat, qu'ils avaient donc peu ou pas l'occasion d'assister à l'office divin. Une lettre du révérend Robert Chantry, vicaire de la paroisse de Summertown, exprimait un sentiment partagé par beaucoup en recommandant que les employeurs témoignent plus d'intérêt à ce problème, en suggérant que des périodes de temps libre permettent à qui le désirerait de se rendre à un office dominical. Assez curieusement, un tel effort eût été tout fait possible à l'équipage du *Barbara Bray* s'ils avaient eu Oxford pour escale habituelle car une « Chapelle des Bateliers » avait été érigée en 1838 par Henry Ward, un riche marchand de bois — une chapelle flottante, amarrée à Hythe Bridge, où l'on célébrait l'office les dimanches après-midi et les mercredis soir. Pour Joanna Franks, ainsi que pour son mari et ses parents éplorés, c'était une tragédie que le sermon prêché aux meurtriers en leur dernier dimanche fût peut-être le premier — et le dernier — qu'ils entendirent jamais.

Mais tout cela se passait il y a bien longtemps. La chapelle flottante a disparu depuis bien des années ; personne, aujourd'hui, ne peut marquer avec certitude le lieu macabre, dans les environs de la prison d'Oxford, où les criminels, les meurtriers notoires et les autres vraisemblables damnés étaient jadis enterrés.

CHAPITRE XIX

> « Nous lisons de belles choses mais ne commençons à les sentir vraiment que lorsque nous avons marché sur les traces de l'auteur. »
>
> (John Keats, lettre à John Reynolds)

Morse était heureux que le colonel eût ignoré l'avis donné par le docteur Johnson à tous les gens de plume — qu'ils biffent ce qu'ils avaient écrit si c'était particulièrement réussi. Car la quatrième partie était à n'en pas douter la mieux écrite d'un texte qui s'avérait l'un des grands plaisirs de la convalescence, jusqu'ici très satisfaisante, de l'inspecteur ; et il revint sur les dernières pages pour goûter quelques-unes de leurs belles phrases. Splendide, à l'évidence, était ce type d'expression : « satisfait la fascination sadique » ; mieux encore cette « insensibilité de vampire ». Mais elles étaient *plus* que cela. Elles semblaient suggérer que la sympathie du colonel s'était un peu déplacée. Alors qu'au début son antipathie à l'égard des bateliers était évidente, il paraissait manifester une plus grande compassion, à mesure qu'il avançait dans son récit, pour cet équipage inconsolable.

Tout comme Morse se prenait à le faire.

C'était une si bonne *histoire* ! Il n'y avait donc rien d'étonnant à ce que le colonel en eût exhumé les restes parmi cent autres cimetières du XIXe siècle. Tous les ingrédients susceptibles d'attirer un large public étaient réunis, pourvu que cette histoire pût entrer dans le circuit normal de l'édition. La Belle et les Bêtes — voilà à quoi elle s'apparentait essentiellement.

Selon la vision du colonel, en tout cas.

Pour Morse, qui avait depuis longtemps rejeté les mièvres placebos de la religion conventionnelle, la facilité avec laquelle on offrait le Saint-Sacrement aux âmes égarées avant qu'une corde ne les étrangle de manière barbare semblait assez peu cohérente avec l'interdiction de les inhumer dans quelque endroit soi-disant « consacré ». Et il se souvint du passage qui faisait naguère partie de son bagage mental, dont les mots lui revenaient lentement. Dans *Tess d'Urberville* — lorsque Tess elle-même cherche à inhumer son enfant illégitime là où les « orties poussent ; là où tous les nourrissons non baptisés, les ivrognes notoires, les suicidés et les autres... » Comment cela se terminait-il ? N'était-ce pas — oui ! — « les autres parmi les vraisemblables damnés sont enterrés ». Ah, ah ! Un peu de plagiat de la part du colonel. Il aurait dû mettre des guillemets autour de cette expression mémorable. Une petite tricherie. Y avait-il d'autres endroits où il eût triché ? Sans le savoir, peut-être ? Juste un peu ?

Cela valait-il la peine de vérifier ?

Cette chapelle flottante, également, intéressait Morse, surtout dans la mesure où il avait lu quelque chose à son sujet dans une récente livraison de l'*Oxford Times*. Il se rappelait vaguement que, bien que la compagnie du canal d'Oxford donnât régulièrement des subsides pour son entretien, le bateau sur lequel elle était installée avait fini par sombrer (comme les espérances des bateliers) et qu'elle avait été « terrestrialisée », en quelque sorte, plus tard dans le siècle en tant que chapelle permanente dans Hythe Bridge Street ; dans son ultime métamorphose, c'était un magasin de double vitrage.

Morse ne pouvait se souvenir, sans se reporter au texte, quels étaient les autres membres de l'équipage mariés. Mais il était réconfortant d'apprendre que la femme d'Oldfield avait épaulé son mari, pour le meilleur et pour le pire. Et le pire s'était avéré joliment sanglant ! Il aurait été intéressant de savoir ce qu'elle avait à dire, *elle*. Morse aurait tant aimé pouvoir l'interroger, sur-le-champ ! Destinataire (elle l'avait probablement reçue) de cette terrible carte remise au chapelain au pied de l'échafaud, elle devait tenir pour quasi impossible que son mari ait pu commettre un acte aussi ignoble. Mais son rôle dans le drame avait été restreint : quelques entrées en scène seulement, la première s'achevant sur un évanouissement, la deuxième sur un petit message poignant venu d'outre-tombe. Morse hochait la tête tristement. Il y aurait eu aujourd'hui une meute de reporters des *News of the World*, du *Sunday Mirror*, etc., pour chasser la pauvre femme, chercher à savoir — informations vitales — si son mari ronflait, avait été tatoué sur un membre inférieur ou supérieur, à quelle fréquence intervenaient leurs rapports sexuels, ou quel était le salut habituel de ce mari aimant lorsqu'il rentrait de ses missions meurtrières antérieures.

Nous vivons une époque fort dégénérée, opina Morse. Pourtant, il savait bien, au fond de lui, la bêtise de ce genre de réflexions. Il ne valait pas mieux lui-même que l'un de ces journaleux de feuilles à scandale. Il venait d'avouer — n'est-ce pas ? — combien il eût aimé s'entretenir avec Mrs. Oldfield et parler de tout ce qu'elle avait dû savoir. Mais si elle les avait invités, l'un après l'autre (idée réjouissante !), séparément — en leur demandant 20 000 livres à chacun ?

Aucune chance du moindre entretien à présent — avec personne... Tout à coup, Morse se dit qu'il en existait peut-être une : les *Voyages et Conversations aux antipodes* de Samuel Carter. Il s'agissait sans doute d'un document fort intéressant. Et (Morse y songea avec un plaisir particulier) le livre se trouverait sans doute quelque part sur les étagères des trois ou quatre grandes bibliothèque du Royaume-Uni, dont la première à tout coup était la Bodléienne.

Lewis avait déjà reçu sa mission ; le travail commençait à s'entasser pour son deuxième limier : le *Jackson's Oxford Journal* et maintenant l'ouvrage de Carter... Le colonel l'avait-il consulté ? Morse supposait que oui — ce qui était un peu décevant.

Ce vendredi soir, Morse reçut la visite du sergent Lewis, ainsi que de Christine Greenaway, cette dernière ayant brusquement changé d'idée et renoncé à un cocktail sur Wellington Square. Aucun remords. Au contraire.

Morse était très heureux.

CHAPITRE XX

« Ces êtres odieux qu'on appelle les chercheurs originaux. »

(J. M. Barrie, *My Lady Nicotine*)

Comme toujours quand elle se rendait à Oxford le samedi, Christine Greenaway laissa sa voiture au rond-point du Poirier pour emprunter l'autobus. Descendue à Cornmarket, elle marcha jusqu'à Carfax, tourna à droite dans Queen's Street, traversa ce quartier piétonnier plein de monde vers Bonn Square et, juste après l'immeuble de Selfridges, elle s'engouffra dans la Westgate Central Library. Parmi les fausses hypothèses de l'inspecteur principal Morse, la veille, figurait celle de croire que ce serait pour elle un jeu d'enfant de retrouver la fiche de n'importe quel journal jamais publié et qu'ayant effectué si facilement des incursions dans le passé, elle avait l'adresse technique et le savoir requis pour mener à bien des recherches immédiates. Elle ne lui avait pas dit que la Bodléienne n'avait pas encore, autant qu'elle sût, microfilmé l'ensemble de la presse nationale du XIXe siècle, ni qu'elle appartenait à cette catégorie de personnes auxquelles les gadgets électroniques menaient une guerre sans fin. Elle s'était contentée de tomber d'accord avec lui ; mais oui, ce serait une recherche assez simple ; et elle serait heureuse de l'aider — une fois encore. Plus tôt dans la matinée, elle avait téléphoné à l'une de ses connaissances des Périodiques de la Westgate et appris qu'elle pouvait avoir un accès immédiat au *Jackson's Oxford Journal* pour les années 1859 et 1860. Combien de temps fallait-il les lui réserver ? Une heure ? Deux ? Christine pensait qu'une heure suffirait.

10 h 30 – 11 h 30, alors ?

Morse avait peut-être eu raison. Cela serait facile.

Au deuxième étage de la bibliothèque centrale, dans la salle d'histoire locale, elle fut bientôt assise sur une chaise tapissée de vinyle vert olive en face d'un lecteur de microfilm, un appareil évoquant un peu la partie supérieure d'une cabine téléphonique de British Telecom, avec une surface verticale, d'environ soixante centimètres, où défilaient les feuilles du journal, en colonnes larges d'à peu près six centimètres. Pas besoin de tourner dans tous les sens ou de feuilleter de lourds volumes reliés de journaux encombrants. « Jeu d'enfant. » Les réglages marqués « Netteté », « Grossissement », « Lumière » avaient tous été ajustés à son intention par un jeune et serviable bibliothécaire ; Christine n'avait qu'à actionner une simple manivelle de la main droite pour parcourir les pages, aussi vite qu'elle le voulait, du *Jackson's Oxford Journal*.

Ce fut malgré tout avec un certain soulagement qu'elle s'aperçut que le *Journal* était un hebdomadaire, non pas un journal, à strictement parler ; très rapidement, elle trouva les colonnes consacrées au premier procès d'août 1859 et prit une série de notes sur ce qu'elle lisait. Du reste, quand elle eut fini de lire le passage relatif au deuxième procès d'avril 1860, elle était fascinée. Elle aurait aimé revenir en arrière pour vérifier quelques faits, mais ses yeux commençaient à se fatiguer ; dès que les caractères se mirent à tressauter comme une ligne de soldats s'alignant à droite, elle comprit que cette splendide machine au titre ronflant ferait mieux de se reposer. Elle avait mis le doigt sur des informations qui pourraient plaire à Morse. Elle l'espérait.

Elle jetait un rapide coup d'œil sur ses notes griffonnées pour s'assurer qu'elle serait à même de les reproduire de manière plus lisible quand elle prit conscience d'une conversation se déroulant à trois ou quatre mètres derrière elle seulement, au bureau des renseignements.

— Oui, j'ai essayé County Hall — sans succès, malheureusement.

— Votre meilleure chance, à mon avis, c'est donc la Cité des archives. Ils ont un bureau...

— On m'y a déjà envoyé !

— Ah !

Le téléphone retentit et l'assistant s'excusa d'avoir à y répondre.

Christine rassembla ses notes, éteignit la machine et se rendit au bureau.

— Nous nous sommes rencontrés hier soir, fit-elle.

— Hello ! répondit le sergent Lewis en souriant.

— On dirait que j'ai plus de chances que vous, sergent.

— Pouf ! Il me donne toujours les travaux véreux

— et puis je ne sais pas pourquoi je me tracasse : c'est mon jour de congé.

— Moi aussi.

— Désolé de ne pouvoir vous aider, monsieur, reprit l'assistant (c'est autant de réglé !), mais s'ils n'ont pas de trace aux Archives...

— Eh bien, merci, en tout cas, répondit Lewis en hochant la tête.

Il escortait Christine vers les portes battantes quand le bibliothécaire eut une dernière idée :

— Vous pourriez essayer le commissariat de police de St Aldate's. On m'a dit qu'une quantité de documents et de papiers ont été abrités par la police pendant la guerre (« Quelle guerre ? » murmura Lewis entre ses lèvres) et peut-être que...

— Merci beaucoup !

— Ne vous attendez tout de même pas à ce qu'ils soient disposés à aider le public, vous vous en doutez.

— Bien sûr !

Mais le téléphone retentissait de nouveau et l'employé décrocha, convaincu d'avoir envoyé son dernier client vers une recherche inutile et vaine.

Christine éprouvait parfois un peu de crainte, seule dans les rues bondées ; aussi ressentit-elle un sentiment agréable de sécurité en s'en revenant vers Carfax escortée et dominée par la silhouette charpentée du sergent Lewis. La Great Tom[1] sonnait midi.

— J'imagine qu'un verre ne vous dit rien, commença son compagnon.

— Non, non, pas pour moi, merci. Je ne bois pas beaucoup, en tout cas, et il est un peu... un peu tôt, non ?

1. Grosse cloche de la cathédrale d'Oxford. (*N.d.T.*)

— Voilà une réflexion que je n'entends pas souvent de la bouche du chef, observa Lewis avec un large sourire.

Mais il se sentait soulagé. Il ne réussissait guère d'ordinaire à conduire une conversation polie ; et bien qu'il semblât s'agir d'une jeune dame très bien, il préférait s'occuper de ses affaires.

— Vous l'aimez bien, n'est-ce pas ? Le chef, je veux dire ?

— C'est le meilleur dans le métier.

— Vraiment ? fit Christine, doucement.

— Vous passerez ce soir ?

— J'imagine. Et vous ?

— Si je trouve quelque chose — ce qui paraît fort douteux, pour l'instant.

— On ne sait jamais.

CHAPITRE XXI

« Du berceau à la tombe, les sous-vêtements ont la priorité. »

(Bertolt Brecht, *L'Opéra de quat'sous*)

A la fin des années 80, les bureaux du commissariat de St Aldate's subissaient une extension et une complète rénovation — et les travaux continuaient quand le sergent Lewis passa la porte centrale ce samedi matin. La police conservait toujours, obstinément, sa structure hiérarchique et les amitiés de supérieur à inférieur seraient peut-être toujours empreintes d'une légère distance. Pourtant, Lewis connaissait bien le surintendant en chef Bell depuis le bon vieux temps à Kidlington et il fut heureux de le retrouver.

Oui, bien sûr, Bell l'aiderait s'il le pouvait : en fait, Lewis tombait bien parce qu'on venait de dégager plusieurs petits coins et c'était la première fois, de mémoire d'homme, que le contenu de vingtaines de placards, de valises empoussiérées et de cageots voyait la lumière du jour. Les ordres de Bell avaient été clairs à cet égard : si un document semblait mériter, même marginalement, la conservation, qu'on le garde ; sinon, qu'on le détruise. Assez curieusement, tout ce qu'on avait redécouvert jusqu'ici avait paru posséder une valeur probable pour quelqu'un ; en conséquence, on avait réservé une pièce entière où entreposer sans ordre les reliques et souvenirs des premiers jours — au moins à partir de 1850 — en attendant une évaluation critique correcte de la part des universitaires, historiens, sociologues, criminologues, des sociétés d'archéologie locales ou des écrivains. Du reste, un policier se trouvait dans la pièce en question, croyait-il savoir, occupé à dresser un catalogue élémentaire ; et si Lewis voulait jeter un coup d'œil...

Expliquant que c'était sa pause déjeuner, le policier Wright, une assez charmante brunette qui pouvait avoir vingt-cinq ans, se remit à manger ses sandwiches en écrivant ses cartes de Noël, lui offrant d'un geste toute la pièce après qu'il eut brièvement expliqué sa mission.

— Tout est à vous, sergent. Du moins, je le voudrais !

Lewis comprenait ce qu'elle voulait dire. Morse lui avait donné un exemplaire de l'ouvrage du colonel (sa veuve en avait laissé plusieurs dans la salle commune) ; mais il lui semblait plutôt improbable qu'il parvienne jamais à lier un événement survenu en 1860 avec l'entassement chaotique de boîtes, classeurs, sacs, cageots, piles de documents cornés et décolorés qui gisaient ici et là. Il devait reconnaître qu'on avait commencé à débroussailler, car une cinquantaine d'étiquettes jaunes, nanties de dates, ornaient un conglomérat un peu plus net de matériaux distincts, arrangé dans un semblant d'ordre chronologique. Mais Lewis chercha en vain parmi ces étiquettes l'année 1859 ou 1860. Valait-il la peine de jeter un rapide coup d'œil sur le reste ?

Ce fut à 13 h 45, après ce qui s'était avéré un long coup d'œil, que Lewis siffla doucement.

— Trouvé ce que vous cherchez ?

— Savez-vous quelque chose à ce sujet ? fit-il en soulevant de l'une des malles à thé une boîte écornée et fendue, d'environ 60 centimètres de long, de 30 de large, profonde d'environ 22 à 25 centimètres ; une petite boîte aisément portable par quelqu'un, indubitablement, car une plaque de cuivre, de 10 centimètres sur 1,5 centimètre, sertie au milieu du couvercle, comportait une belle poignée semi-circulaire, de cuivre elle aussi.

Mais ce qui avait tout de suite frappé Lewis — et l'avait merveilleusement excité —, c'étaient les initiales gravées sur la petite plaque : « J. D. » ! Il n'avait pas lu avec un très grand soin le petit volume (ni un grand intérêt, du reste) ; mais il se rappelait fort bien les deux « malles » que Joanna avait apportées à bord et qu'on avait sans doute trouvées dans la cabine après l'arrestation de l'équipage. Jusqu'ici, le sergent n'avait qu'une idée vague du genre de « malles » qu'on voit à l'extérieur des collèges d'Oxford à l'arrivée des étudiants. Mais on avait bien dit que Joanna les *portait*, n'est-ce pas ? Et à en juger par l'aspect fatigué de la poignée, il semblait qu'on avait porté cette mallette — et souvent. Et le nom du premier mari de Joanna commençait par un « D » !

La jeune femme le rejoignit et s'accroupit près de

l'objet. Les deux petits crochets, de chaque côté du couvercle, fonctionnaient facilement ; la serrure frontale était ouverte et le couvercle se souleva pour révéler, à l'intérieur d'une doublure de peluche verte, un petit sac de toile sur lequel figuraient, marquées à la laine, d'un jaune estompé, les mêmes initiales que sur la boîte.

Une fois encore, siffla Lewis plus fort.

— Pouvez-vous... pouvons-nous ?

Il arrivait à peine à cacher son excitation : la jeune femme le regarda avec curiosité pendant quelques secondes, avant de déverser doucement le contenu du sac sur le sol : une petite clef rouillée, un peigne de poche, une cuiller de métal, cinq boutons de robes, un crochet, une boîte d'aiguilles, deux chaussures légères à semelles plates, une petite culotte en calicot.

Le sergent secouait la tête, n'osant en croire ses yeux. Il se saisit des chaussures avec précaution comme s'il s'attendait à leur désintégration ; puis, entre le pouce et l'index, de la culotte.

— Pensez que je pourrais emprunter ces chaussures et la... ?

Le jeune policier Wright le considéra une fois de plus avec une curiosité amusée.

— Tout va bien, ajouta Lewis. Ce n'est pas pour moi.

— Sûr ?

— Morse. Je travaille pour Morse.

— Je suppose que vous allez me dire qu'avec l'âge il s'est entiché des petites culottes.

— Vous le connaissez ?

— J'aimerais bien !

— Il est à l'hôpital, malheureusement...

— Tout le monde dit qu'il boit beaucoup trop.
— Un peu trop, c'est possible.
— Vous le connaissez bien, à votre avis ?
— Personne ne le connaît *vraiment* bien.
— Il faudra signer un reçu.
— Donnez-moi le registre !
— Et les rapporter !
— Ça serait un petit peu petit pour moi, de toute façon, fit Lewis en souriant. Non ? Les chaussures, je veux dire.

CHAPITRE XXII

« N'agissez pas à cause d'un nom ! Un nom est un objet volatil, auquel on ne peut se fier ! »

(Bertolt Brecht, *Homme pour homme*)

Au cours de ce samedi qui avait vu le sergent Lewis et Christine Greenaway renoncer à leur temps libre dans son intérêt, Morse lui-même commença de se sentir bien à nouveau. Il explorait en outre un territoire inconnu, car on l'avait informé après le déjeuner qu'il était libre de se promener à son gré dans les couloirs. C'est ainsi qu'il trouva à 14 h 30 le chemin de la salle de séjour, zone pourvue de fauteuils, d'une télévision couleur, de jeux de société, d'une bibliothèque et d'une grande pile de revues (dont celle du dessus, remarqua-t-il, était un *Country Life* datant du mois d'août, neuf ans plus tôt). La pièce était déserte ; après s'être bien assuré qu'il n'y avait rien à l'horizon, Morse fourra l'un des trois livres qu'il portait au fond de la vaste corbeille à papier qui se trouvait là : *Le Billet bleu* ne lui avait causé pour ainsi dire que de l'embarras et de l'humiliation et il se sentit aussitôt comme le pèlerin après avoir déposé son sac de péchés.

Les surfaces du récepteur de télévision semblaient totalement planes, sans la moindre apparence de bouton, évidement ou télécommande qui pût mettre l'objet en route ; notre inspecteur s'installa donc dans un fauteuil pour penser tranquillement au canal d'Oxford une fois de plus.

La question posée au jury, bien sûr, n'était pas « Qui a commis le crime ? » mais seulement « Les inculpés ont-ils commis le crime ? » ; pour un policier comme lui, en revanche, il n'y avait qu'une question importante : la première. Ainsi, assis à cet endroit, il osa se dire, honnêtement : « Très bien ! Si les bateliers n'ont pas commis ce crime, alors *qui* est coupable ? » Or, si telle était la question clef pour le juge, Morse ne pouvait imaginer que l'affaire durât une minute de plus ; car la réponse toute nue, c'était qu'il n'en avait pas la moindre idée. Ce à quoi il pouvait réfléchir, malgré tout, c'était à la culpabilité des bateliers — ou à leur innocence...

Un quatuor de questions, donc.

Premièrement : était-il vrai qu'un jury se serait convaincu, sans contestation, que l'équipage avait assassiné Joanna Franks ? Réponse : non. Pas un fragment de preuve irréfutable qui eût été avancé par l'accusation, sur lequel le tribunal pût se fonder et que pût corroborer tel témoin du meurtre — or les bateliers n'avaient-ils pas été condamnés pour meurtre ?

Deuxièmement : pouvait-on considérer que les inculpés s'étaient vu garantir la « présomption d'innocence » dont se glorifiait depuis si longtemps le système judiciaire britannique ? Réponse : absolument pas. Les préjugés — préjugés tout à fait péjoratifs — avaient abondé dès le commencement du premier procès et l'attitude des officiers de justice, comme celle du public, n'avait pas cessé d'être, d'un bout à l'autre, une attitude de mépris déclaré, et de dégoût, contre l'équipage grossier, à peine alphabétisé, irréligieux, du *Barbara Bray*.

Troisièmement : était-il vrai que les bateliers, ou certains d'entre eux, aient pu être coupables de quelque chose ? Réponse : oui, presque à coup sûr ; et (ironie du sort) très probablement coupables des deux accusations rejetées — celles de viol et de vol. Du moins les preuves ne manquaient-elles pas que ces hommes eussent ardemment désiré leur passagère, et figurait au nombre des vraies possibilités le fait que tous les trois — ou tous les quatre ? — eussent cherché à concrétiser leurs avances sur la malheureuse (quoique sexuellement provocante ?) Joanna.

Quatrièmement : pouvait-on estimer que, d'une manière générale — même si le jugement n'était pas satisfaisant, même si le jury était indûment prévenu à leur encontre —, le verdict était raisonnable, qu'il s'agissait d'un verdict « sûr » comme aiment à les baptiser certains manuels de jurisprudence ? Réponse : non, mille fois non !

Morse croyait *presque* pouvoir mettre le doigt, à présent, sur la cause essentielle de son malaise. Il s'agissait de toutes ces conversations, entendues et consciencieusement rapportées, entre les personnages principaux de l'histoire : les conversations entre l'équipage et Joanna ; entre l'équipage et d'autres bateliers ; entre l'équipage et les gardiens d'écluses, les gérants d'entrepôts et les policiers — tout cela sonnait faux, en un certain sens. *Faux, s'ils étaient coupables*. Tout se passait comme si quelque dramaturge novice s'était vu offrir une intrigue meurtrière et avait entrepris d'y greffer, page après page, des dialogues inadaptés, erronés, quelquefois incohérents. Car on avait parfois l'impression que Joanna Franks ressemblait à une Furie vengeresse et que les bateliers n'étaient que les victimes de son pouvoir fatal.

Et puis il y avait aussi le comportement d'Oldfield et Musson *après* le meurtre qui étonnait de plus en plus l'inspecteur ; il était difficile de comprendre pourquoi l'avocat de la défense n'avait pas cherché à persuader le juge et le jury de l'invraisemblance complète de ce qu'ils avaient, théoriquement, fait ou dit. Certes, il arrivait qu'un psychopathe exceptionnel agît de manière totalement irrationnelle et irresponsable. Mais ces hommes ne formaient pas un quatuor de psychopathes. Surtout, il semblait très extraordinaire que même après avoir tué (comme on le prétendait), d'une manière ou d'une autre et pour une raison inconnue, Joanna Franks, l'équipage continuât de s'imbiber d'alcool vingt-quatre ou trente-six heures plus tard, en vouant l'âme de cette fille aux gémonies. Morse avait connu beaucoup d'assassins, mais jamais un seul qui se fût comporté de la sorte, *a fortiori* quatre. Non ! Cela ne collait pas ; ne collait pas du tout. Non que cela eût de l'importance, malgré tout, ou si peu, après tant d'années.

Morse ouvrit l'index du gros volume qui relatait les méfaits des antiques habitants du Shropshire et son regard tomba sur « Shropshire Union Canal ». Il se reporta distraitement à la page citée et se mit à lire le paragraphe, avec de plus en plus d'intérêt. (Bien joué, Mrs. Lewis !) L'auteur restait horriblement empêtré dans son style truffé de circonlocutions, toujours incapable d'appeler une pelle une pelle ; mais le message était assez clair :

« Compte tenu d'une telle fréquence de la criminalité sur les canaux, il n'y a rien de très étonnant à ce qu'on dispose d'une foule d'exemples de mensonges, de la part de nombreux bateliers, en ce qui concerne l'enregistrement des noms, tant ceux des bateaux où ils naviguent que ceux des personnes embarquées. En particulier, pour ce qui est de la dernière de ces dissimulations, nous constatons que plusieurs de ceux qui travaillaient et sur l'eau et sur les docks avaient deux noms et étaient souvent beaucoup mieux connus par leur surnom que par leur nom de baptême. Pour diverses raisons sociologiques (dont il nous faut encore analyser certaines), on peut assez catégoriquement avancer que les bateliers étaient dans l'ensemble prédisposés à l'accomplissement régulier de délits, et l'on peut considérer comme évident que leur profession (si l'on peut dire) offrait de multiples occasions de ce genre. Il arrivait parfois qu'ils vendissent une partie de leur cargaison en remplaçant une certaine quantité de charbon par autant de roches ou de pierres ; on trouve de nombreux cas (voyez notamment SCL, *Commission des canaux et des eaux fluviales navigables*, 1842, vol. IX, pp. 61-64, 72-75, 83-86 *et passim*) d'hommes d'équipage buvant les vins et les whiskies fins de leur cargaison avant de remplir d'eau les bouteilles vides. Les officiers des douanes n'apparaissent pas toujours irréprochables dans ces affaires, et il semble que de temps à autre ils aient fermé les yeux... »

Les paupières de Morse commençaient à se baisser et il déposa le livre à côté de lui. Il avait trouvé ce qu'il voulait : les bateliers étaient une bande de forbans qui chapardaient souvent des portions de leurs cargaison. D'où Walter Towns, *alias* Walter Thorold, et ainsi de suite. C'était très simple — une fois que vous connaissiez les réponses. Peut-être tout serait-il comme cela un jour, dans cette Grande Bibliothèque informatisée du Ciel, où les problèmes qui avaient accablé d'innombrables générations de sages et de philosophes seraient immédiatement réglés, juste en tapant les questions sur le clavier céleste.

Le jeune homme à la perfusion pénétra dans la pièce, salua Morse de la tête, dénicha quelque part une petite télécommande et commença de passer d'une chaîne à l'autre avec, selon son aîné, une vélocité irritante. Il était temps de regagner la salle commune.

Comme il s'en allait, ses yeux balayèrent automatiquement les rayonnages de la bibliothèque et s'immobilisèrent. Là, sur l'étagère du bas, l'un à côté de l'autre, se trouvaient ces titres : *Banbury sous la reine Victoria* et *Oxford (Annuaire des chemins de fer).* A condition de regarder autour de soi, on n'avait peut-être pas du tout besoin de console d'ordinateur venue du Walhalla.

Walter Algernon Greenaway s'était efforcé, sans grand succès, de remplir les mots croisés de l'*Oxford*

Times. Il avait peu ou pas de compétence dans cet art qui ne l'en fascinait pas moins depuis toujours ; quand il avait vu Morse remplir la veille, en dix minutes, les mots croisés du *Times*, il s'était senti pénétré d'envie. Ce dernier venait de se réinstaller dans son lit quand Greenaway (surnommé « Waggie » par ses amis, comme on aurait pu le prévoir) le héla :

— Vous êtes plutôt bon aux mots croisés...

— Pas mauvais.

— Vous vous y connaissez, en cricket ?

— Pas beaucoup. Quelle est la définition ?

— « Le célèbre canard de Bradman. »

— Combien de lettres ?

— Six. J'ai vu Bradman à l'Oval en 1948. Il avait un canard, à l'époque.

— Je ne penserais pas trop au cricket à votre place, fit Morse. Pensez seulement à Walt Disney.

Greenaway suçota le bout de son crayon et pensa, en vain, à Walt Disney.

— Qui est l'auteur des questions, cette semaine ?

— Un certain « Quichotte ».

Morse sourit. Amusante coïncidence !

— Quel est *son* prénom ?

— Ah ! je vous comprends, m'sieur ! fit Waggie en inscrivant joyeusement les lettres horizontalement à la première ligne.

CHAPITRE XXIII

> « Tout ce qu'a fait l'humanité, ce qu'elle a pensé, acquis ou été, tout cela repose, magiquement conservé, dans les pages des livres. »
>
> (Thomas Carlyle)

Embarras de richesses[1] — car Morse n'aurait pu tomber sur deux livres plus instructifs en fouinant toute une journée dans les rayons de la bibliothèque de quartier de Summertown.

Du premier, le livre sur Banbury, il apprit l'information suivante : vers 1850, le transport par diligence sur longue distance via Banbury à destination de Londres avait été abandonné, presque essentiellement à cause de la mise en service du chemin de fer d'Oxford à la capitale. Pourtant, résultat direct de ce nouveau service, le nombre de diligences de Banbury à Oxford avait *augmenté* et un mode de transport régulier et efficace était aisément disponible entre les deux villes (distances seulement d'une

1. En français dans le texte. (*N.d.T.*)

vingtaine de milles) au cours des années 1850 et 1860. En outre, l'auteur donnait d'amples détails sur les voitures effectivement en circulation, le jour dit, et dont Joanna Franks s'était enquise ; sans nul doute, on avait vu filer vers le sud les chevaux de relais à trois reprises dans la première moitié du lendemain, qui transportaient des passagers montés à *l'Auberge du Cygne* de Banbury jusqu'à *l'Auberge de l'Ange* dans la High à Oxford. Cela pour la somme de 2 shillings 1 penny. Encore plus intéressantes, aux yeux de Morse, les données concernant Oxford elle-même, où les trains pour Paddington, d'après son deuxième ouvrage de référence, étaient beaucoup plus fréquents et plus rapides qu'il l'aurait imaginé. Très probablement Joanna avait-elle pris connaissance, en ce jour fatal, d'informations exactement *identiques* : pas moins de dix trains par jour, à 2 h 10, 7 h 50, 9 h 10, 10 h 45, 11 h 45, 12 h 55, 14 h 45, 16 h, 17 h 50 et 20 h : l'*embarras du choix*[1]. Certes, les tarifs semblaient un peu raides, les places de 1re, 2e et 3e classes établies respectivement à 16, 10 et 6 shillings pour ce voyage d'une soixantaine de milles. Mais l'historien du chemin de fer d'Oxford avait assez d'honnêteté intellectuelle pour ajouter qu'il y avait aussi trois diligences par jour, du moins jusque dans les années 1870, qui parcouraient assez lentement la route jusqu'à Londres via les relais de Henley et Reading : la *Blenheim* et la *Prince of Wales*, chacune partant à 10 h 30, suivies du *Rival* une heure plus tard, le tarif étant inférieur de un shilling à celui de la 3e classe en chemin de fer. Et où se trouvait leur terminus dans la

1. En français dans le texte. (*N.d.T.*)

capitale ? C'était plutôt extraordinaire. L'Edgware Road !

Ainsi, pendant quelques minutes, Morse examina les choses du point de vue de Joanna — une Joanna qui (il était bien obligé de le croire) était *in extremis*. Arrivée à Banbury assez tard dans la soirée comme elle l'avait fait, elle avait très vite compris la situation. Rien de disponible sur-le-champ, mais la possibilité d'une nuit passée à Banbury, dans l'une des tavernes situées sur le quai, peut-être. Pas un quatre-étoiles du Michelin — mais convenable, et certainement pas plus chère que 2 shillings, environ. Puis l'une des diligences vers Oxford le lendemain matin — son livre en mentionnait une à 9 h 30 arrivant à Oxford vers 1 heure de l'après-midi. Cela lui aurait facilement permis d'attraper le 14 h 45 pour Paddington — ou l'un des trains suivants, si un accident survenait aux chevaux. Facile ! Si elle *avait* fini par se décider à échapper à ses bourreaux, alors la situation eût été simple : 2 shillings pour la nuit, mettons, 2 shillings 1 penny pour la diligence, 6 shillings pour le train — bref, pour 10 shillings, elle avait une chance ultime de sauver sa peau. Et sans beaucoup de peine, ni dépenses excessives, *elle eût pu le faire*.

Or elle ne l'avait pas fait. Pourquoi ? Il était admis qu'elle n'avait pas un sou, pour ne pas parler d'une demi-guinée. Mais n'avait-elle donc rien qu'elle pût vendre ou mettre en gage ? N'avait-elle donc aucune propriété négociable ? Qu'avait-elle dans ces deux boîtes ? Aucun objet de la moindre valeur ? Pourquoi, dans ces conditions, avait-on pu émettre le plus léger soupçon de *vol* ? Morse secouait lentement la tête. Ô dieux ! — combien il aurait aimé jeter un rapide coup d'œil dans l'une de ces boîtes !

On était à l'heure du thé et Morse ne savait pas encore que son vœu avait été satisfait.

CHAPITRE XXIV

> « *Magnus Alexander corpore parvus erat* » (Alexandre le Grand lui-même ne satisfaisait pas aux conditions de taille imposées par la police.)
>
> (Proverbe latin)

Les tours de service normal du personnel infirmier, au pavillon 2 du John Radcliffe, étaient : matin (7 h 45 – 15 h 45), après-midi (13 h – 21 h 30) et nuit (21 h – 8 h 15). Tenant davantage du hibou que de l'alouette, Eileen Stanton ne partageait pas les objections ordinairement formulées contre le service de nuit ; dotée d'un tempérament légèrement teinté de mélancolie, elle était naturellement une créature de l'ombre. Mais cette semaine-ci avait été inhabituelle. Ce jour-là, elle était de l'après-midi.

Mariée à l'âge de dix-neuf ans, divorcée à vingt, elle vivait à présent, cinq ans plus tard, avec un homme de quinze ans son aîné, qui avait célébré la veille son quarantième anniversaire (d'où le changement de quart). La soirée s'était splendidement passée jusqu'à minuit quand le protagoniste avait pris part à une navrante petite bagarre, à cause d'*elle* ! Or, si au cinéma ou à la télé, après avoir été assommé par un coup de barre de fer porté par-derrière, le héros n'a qu'à frotter l'endroit endolori pendant deux minutes avant de reprendre sa mission, dans la vie — Eileen le savait bien — les choses ne se passent pas ainsi — la victime risque bien davantage de finir dans une unité de soins intensifs, avec une déficience cérébrale chronique par-dessus le marché. Beaucoup plus cruel. Comme la nuit dernière (ce matin !) quand son concubin avait été frappé en plein visage, sa lèvre supérieure dramatiquement fendue et l'une de ses incisives cassée à la racine. Pas très bon pour sa beauté, sa fierté, la fête, Eileen ni personne ! Pas bon du tout !

Elle ne cessait de revenir à cet incident en entrant dans Oxford, garant sa Metro vert pomme sur le parking réservé au personnel de l'hôpital, puis en pénétrant dans le vestiaire de l'entresol pour se changer. Cela lui ferait du bien de regagner la salle commune, elle le savait. Elle n'avait pas eu trop de mal jusqu'ici à se garder de la moindre implication sentimentale avec ses patients, et tout ce qu'elle voulait, pour le moment, c'était accomplir quelques heures de travail consciencieux — pour oublier la nuit précédente, ses beuveries un peu trop excessives, son flirt outré et flagrant avec un homme qu'elle n'avait jamais vu auparavant... Pas de gueule de bois — bien qu'elle se demandât brusquement si elle n'en avait pas une ; mais comment s'en rendre compte au milieu de ses nombreuses préoccupations ? En tout cas, il était grand temps qu'elle oublie ses soucis personnels pour s'occuper de ceux des autres.

Elle avait remarqué Morse (c'était réciproque) au moment où elle était passée devant la salle de séjour ; elle l'avait vu revenir, une demi-heure plus tard, et passer le reste de l'après-midi à lire. Un drôle de rat de bibliothèque, apparemment. Charmant, malgré tout — elle irait lui dire un mot quand il aurait mis ses livres de côté. Ce qu'il ne fit pas.

Elle le regardait à nouveau, vers 19 h 40, adossé à ses oreillers ; et plus particulièrement la femme assise près de lui, dans une robe bleu outremer, avec des scintillements d'or roux dans les cheveux, un visage régulier aux traits délicats légèrement incliné vers son interlocuteur. A l'évidence, ils semblaient avoir beaucoup à se dire — rien à voir avec le désert impénétrable que paraissaient traverser tant de visiteurs d'hôpital. Par deux fois, tandis qu'elle les regardait, la visiteuse posa le bout des doigts sur la manche de son pyjama criard, toute à l'animation du dialogue, des doigts minces et agiles, ceux d'une concertiste. Eileen savait ce que signifiait ce genre de gestes ! Et Morse ? Lui aussi semblait faire de son mieux, être le plus onctueux possible pour l'impressionner, avec cette combinaison de demi-sourire joliment formé, d'yeux fixés droit sur elle. Oh oui ! elle voyait bien ce qu'ils ressentaient, l'un et l'autre — écœurant couple de lécheurs de bottes ! Mais elle savait qu'elle les enviait ; en particulier la fille — cette mademoiselle je-sais-tout à son papa ! Les quelques fois où elle avait parlé à Morse lui permettaient de savoir que sa conversation — et peut-être aussi sa vie — était si *intéressante* ! Elle n'avait rencontré qu'un petit nombre de personnes de ce type — des hommes si pétris de connaissance sur l'architecture, l'histoire, la littérature, la musique...

tout ce à quoi elle avait aspiré au cours de ces dernières années. Quel soulagement, soudain, de se dire que son quadragénaire à la lèvre supérieure fendue ne serait vraisemblablement pas apte à l'embrasser ce soir !

Un homme (elle s'en rendait compte) se tenait près de l'estrade depuis un moment.

— Puis-je vous aider ?

Le sergent Lewis hocha la tête et lui lança un coup d'œil inquisiteur.

— Instructions spéciales. J'ai ordre de me présenter au chef chaque fois que j'apporte un sac d'explosifs à l'inspecteur principal. C'est vous le chef ce soir, n'est-ce pas ?

— Ne soyez pas trop sévère avec la surveillante Maclean !

— Ce n'est pas moi — c'est lui ! fit-il en se penchant et en parlant doucement. Il dit que c'est une vieille pinailleuse, odieuse... heu ! vieille quelque chose.

— Elle n'a pas toujours beaucoup de tact, fit Eileen en souriant.

— Hum ! On dirait qu'il a de la visite, pour l'instant.

— Oui.

— Je ferais peut-être mieux de ne pas les déranger, n'est-ce pas ? Il est capable de se mettre en boule.

— Vraiment ?

— Surtout si...

Eileen hocha la tête et regarda le brave visage de Lewis, avec l'impression que les hommes n'étaient pas toujours aussi affreux qu'elle commençait à le penser.

— Quel genre d'homme est-ce, l'inspecteur Morse ?

Christine Greenaway se leva pour prendre congé et son interlocuteur se rendit soudain compte, comme elle était tout près du lit, de sa petite taille — malgré les souliers à talons hauts qu'elle portait d'habitude. Des mots lui revenaient, des mots relus très récemment : « Petite et séduisante silhouette, vêtue d'une robe bleu outremer... »

— Quelle est votre taille, s'enquit-il tandis qu'elle défroissait sa robe sur ses cuisses.

— A quel point suis-je petite, voulez-vous dire ? lança-t-elle les yeux pétillants, en semblant se moquer de lui. Déchaussée, je mesure 1,535 mètre. Et n'oubliez pas ce demi-centimètre : il n'a peut-être pas beaucoup d'importance pour vous, mais il en a pour moi. Je porte des talons en permanence — si bien que j'ai à peu près la taille moyenne. Environ 1,60 mètre.

— Quelle taille de chaussures prenez-vous ?

— Taille 3 : vous ne sauriez y glisser vos pieds.

— J'ai de très beaux pieds, répliqua Morse, sérieusement.

— Je crois que je ferais mieux de me préoccuper de mon père plutôt que de vos pieds, chuchota-t-elle en lui frôlant le bras une nouvelle fois tandis que l'inspecteur lui frôlait — si légèrement ! — la main gauche de la sienne.

Ce fut un bref instant magique, pour chacun d'eux.

— Et vous regardez cela... ?

— Je n'oublierai pas.

Puis elle s'en fut : seule la fragrance de son parfum coûteux s'attardait autour du lit.

— Je me demande, disait Morse, presque distraitement, à l'instant où Lewis remplaçait Christine sur la chaise en plastique, je me demande quelle était la taille des chaussures de Joanna Franks. Je pars du principe, bien sûr, qu'ils avaient des tailles de chaussures à l'époque. Ce n'est tout de même pas une invention moderne, comme les bas de femmes, les tailles de chaussures ? Qu'en pensez-vous, Lewis ?

— Aimeriez-vous que je vous montre exactement quelle *était* leur taille, monsieur ?

CHAPITRE XXV

> « Ceux qui sont incapables de commettre de grands crimes n'en soupçonnent pas volontiers les autres. »
>
> (La Rochefoucauld, *Maximes*)

Morse était régulièrement crédité par ses collègues policiers d'un Q.I. très supérieur qui lui donnait presque toujours un kilomètre d'avance dans toute investigation criminelle. Que cela fût vrai ou pas, Morse lui-même savait qu'il n'avait pas reçu un don au moins — celui de *lire* vite. On put donc remarquer qu'il sembla passer, ce soir-là, un temps disproportionné — après le départ de Christine, celui de Lewis, après avoir ingurgité son bouillon cube, avalé ses pilules et eu sa piqûre — à lire les colonnes photocopiées du *Jackson's Oxford Journal*. Christine ne lui avait pas dit que, mécontente de ses notes manuscrites, elle était revenue à la bibliothèque centrale au début de l'après-midi et avait obtenu de l'une de ses connaissances qu'elle la fasse passer avant tout le monde pour photocopier le matériau original directement d'après les gros volumes. Du reste, même s'il l'avait su, Morse ne lui aurait pas témoigné une gratitude excessive. L'une de ses faiblesses était une tendance à accepter les bons et loyaux services sans jamais vraiment comprendre, ni apprécier, les sacrifices que cela avait pu engendrer.

Quand, adolescent, on le cornaquait dans divers sites archéologiques, il lui était impossible de partager la passion de tel ou tel fanatique se pâmant sur quelques briques (désagrégées) romaines. Même alors, c'était la parole écrite, davantage que l'objet manufacturé tangible, qui aiguillonnait sa curiosité et stimulait sa joie subséquente dans le monde antique. Il fallait donc s'attendre à ce que — bien que la découverte tout à fait extraordinaire de Lewis dût s'avérer la révélation la plus dramatique de l'affaire — la vue d'une triste paire de chaussures fripées et d'une petite culotte chiffonnée fût une petite déception pour Morse. Du moins pour l'instant. Quant aux offrandes de Christine, en revanche, combien séduisantes et suggestives elles étaient !

D'après les comptes rendus, il comprit vite que le colonel n'avait omis aucun détail d'importance manifeste. Pourtant, comme dans la plupart des affaires criminelles, c'était le détail apparemment anodin, extérieur, presque hors sujet, qui pourrait changer radicalement l'interprétation des faits établis. Or, il y avait ici un certain nombre de détails (jusqu'ici ignorés de Morse) qui lui firent hausser les sourcils à plus d'une reprise.

Premièrement, à lire entre les lignes quelque peu brouillées du matériau photocopié, il semblait assez clair qu'on avait abandonné l'accusation de vol lors du premier procès pour la raison que les preuves (celles qui existaient) impliquaient surtout le garçon,

Wootton, ce qui eût imposé une accusation spécifique — contre un mineur. Si un autre batelier était concerné, c'était très probablement Towns, l'homme déporté en Australie ; en tout cas, on ne disposait d'aucune preuve manifeste à l'égard des deux hommes finalement pendus pour *meurtre*. Qu'avaient donc pu chercher à voler les yeux rapaces du jeune homme dans les bagages de Joanna Franks ? Les preuves ne livraient aucune réponse indiscutable. Mais il y avait sûrement une chose qui motivait les voleurs, en 1859 comme en 1989, l'*argent*.

Hum ! hum !

Deuxièmement, il y avait assez de preuves disponibles, à l'époque, pour suggérer que Joanna était vraisemblablement le soutien du couple dans son deuxième mariage. Quelle que fût la raison qui l'avait incitée à « s'éprendre profondément de Charles Franks, valet d'écurie de Liverpool », c'était Joanna qui avait exhorté son nouveau mari à garder courage au cours des premiers mois malchanceux de leur union. On avait en effet lu devant la cour un extrait d'une lettre à Charles Franks, sans doute, songeait Morse, pour étayer le fait que ce n'était pas, contrairement à ce qu'affirmaient les bateliers, Joanna qui avait perdu l'esprit, mais bien Charles, qui paraissait proche de la dépression nerveuse : « Je suis bien navrée de lire, mon cher mari, ta triste lettre égarée — efforce-toi, mon cher, je t'en prie, de lutter contre ce qui te menace si tu n'apaises pas ton esprit torturé. La perte de la raison est une terrible chose qui détruirait nos espérances. Sois fort et sache que nous serons bientôt ensemble et bien pourvus. » Lettre poignante et éloquente.

Étaient-ils, *tous les deux*, un peu déséquilibrés ?
Hum !
Troisièmement, plusieurs dépositions, dans les différents procès, montraient que, bien que les *fly-boats* marchassent mieux en alternant strictement leurs quarts « deux à la barre — deux en repos », il était en pratique tout à fait habituel que les quatre membres d'un tel équipage permutent leurs tours selon leurs préférences ou leurs besoins. Voire leurs *désirs* ? Car Morse découvrait maintenant, avec beaucoup d'intérêt, le témoignage offert à la cour (à quoi rêviez-vous, colonel Deniston ?) selon lequel Oldfield, capitaine du *Barbara Bray*, avait donné 6 pence à Walter Towns pour qu'il s'acquitte à sa place du travail complexe consistant à tirer le bateau à pied le long du tunnel de Barton. Morse hocha la tête : son imagination l'y avait déjà conduit.
Hum !
Quatrièmement, les preuves, considérées dans l'ensemble, suggéraient fortement que Joanna, pendant la première moitié du voyage, s'était joyeusement associée aux bateliers lors des diverses haltes : elle était restée en leur compagnie, avait mangé à la même table, bu avec eux, ri de leurs plaisanteries. Or les plaisanteries, pendant la deuxième partie du voyage, s'étaient faites rares et, comme n'avait cessé de le marteler l'accusation, Joanna n'était plus qu'une créature désemparée, malheureuse — qui criait à l'aide, à la commisération, pour qu'on la protège, qu'on la prenne en pitié. S'ajoutait un fait décisif et dramatique : à mesure que l'équipage se noyait dans l'alcool, Joanna retrouvait peu à peu sa sobriété ; car le témoignage du médecin légiste, formulé devant la cour, était irréfutable : *on n'avait pas trouvé trace d'alcool dans son corps.*

Hum !

Morse se mit à surligner en bleu les altercations curieuses et variées que le spécialiste judiciaire du *Jackson's Oxford Journal* avait jugé bon de rapporter :

« Vous allez accepter ça ? » (Oldfield) « Non, je n'en ai aucun désir. » (Bloxham) « Le diable s'est déjà occupé d'elle ce soir ; et je veux la... » (Oldfield) » Que le diable emporte cette femme ! Si elle s'est noyée, je n'y peux rien. » (Oldfield) « Elle avait dit avant qu'elle le ferait et v'là qu'elle l'a fait pour de bon. » (Musson) « J'espère que cette f...e p...n brûle en enfer ! » (Oldfield) « Qu'elle aille au diable ! Que savons-nous d'elle ? Si elle voulait se noyer, pourquoi faut-il qu'on nous accable ? » (Towns) « S'il doit témoigner contre nous, ce sera pour d'autres choses, pas pour la femme. » (Oldfield)

Hum !

Cités au hasard, incohérents, dans le désordre comme ils l'étaient, ces extraits du procès tendaient à renforcer la première conviction de Morse qu'ils ne correspondaient pas au genre de commentaires qu'on attendrait de meurtriers. On imaginerait de la honte, du remords, de la peur — oui ! — même, dans quelques cas, du triomphe et de la jubilation dans l'accomplissement du méfait. Mais non — au contraire ! — les bateliers continuaient d'exprimer tout au long des heures et des jours suivant la mort de Joanna une colère noire et une haine profonde.

Enfin, il y avait un autre passage probant (significatif ?) que le colonel n'avait pas cité. Il s'agissait de l'affirmation d'Oldfield selon laquelle, vers 4 heures du matin, au début de ce sinistre jour, ils avaient en fait rattrapé Joanna — dans un grave état de confusion mentale ; Musson et lui avaient découvert sa situation grâce aux cris angoissés qu'elle lançait à son mari : « Franks ! Franks ! Franks ! » En outre, Oldfield prétendait l'avoir vraiment persuadée de rembarquer, bien qu'il convînt qu'elle n'avait pas tardé à sauter à terre une fois encore (encore !) pour reprendre sa marche le long du chemin de halage. Puis, à en croire Oldfield, deux d'entre eux, Towns et lui cette fois-là, étaient redescendus à terre où ils avaient rencontré un autre témoin potentiel (le Donald Favant mentionné dans le livre du colonel). Mais l'on n'avait pas cru les bateliers. Et cette rencontre sur le chemin de halage, en particulier, avait suscité la dérision et le mépris de l'accusation ; il s'agissait au mieux du souvenir confus d'esprits désespérément ivres ; au pis, c'était l'invention de ces « odieux meurtriers ». Oui ! C'était exactement le genre de commentaires qui n'avaient cessé de contrarier la passion de l'inspecteur pour la justice. En tant que policier, il ne connaissait que les rudiments du droit anglais ; mais il croyait avec ferveur dans le principe qui veut qu'on soit présumé innocent avant d'être déclaré coupable : c'était un principe fondamental, non seulement de droit, mais aussi de justice naturelle...

— Vous êtes bien à votre aise ? s'enquit Eileen, en aplanissant machinalement les plis de ses draps.

— Je croyais que vous aviez fini votre service.

— Je m'en vais.

— Vous me gâtez.

— Vous aimez lire, n'est-ce pas ?

— Parfois.

— C'est votre passe-temps favori, la lecture ?

— Eh bien, la musique, oui, elle me procure parfois davantage de plaisir encore.

— Vous lisez donc en écoutant de la musique...

— Je ne peux jouir des deux à la fois.

— Mais ce sont vos passe-temps *favoris* ?

— A l'exception d'un dîner aux chandelles avec quelqu'un comme vous.

Eileen rougit, ses joues pâles devinrent soudain aussi incandescentes que celles du colonel mourant.

Avant de s'endormir, ce soir-là, Morse glissa la main dans sa table de chevet et se versa un petit coup ; et tandis qu'il sirotait son scotch, à son rythme, le monde ne lui parut pas si détestable, tout à coup...

A son réveil (quand on le réveilla, plutôt) le lendemain matin (dimanche), une révélation aveuglante, évidente, occupait son esprit : qu'elle ait pu mettre tant de temps à prendre corps le stupéfiait. D'ordinaire, en moins de temps qu'il n'en faut pour le dire, il faisait une analyse mentale rapide comme l'éclair.

C'est du moins ce qu'il se disait.

CHAPITRE XXVI

> « Or il est une loi écrite tout au fond du plus obscur des Livres de la vie et c'est celle-ci : si vous regardez une chose neuf cent quatre-vingt-dix-neuf fois, vous êtes parfaitement en sécurité ; la millième fois, vous risquez dangereusement de la voir pour la première fois. »
>
> (G.K. Chesterton, *Le Napoléon de Notting Hill*)

Il en va de même avec les mots croisés, n'est-ce pas ? On peut rester assis des heures à se creuser les méninges sur quelque obscure définition — et n'arriver à rien. Mais si l'on s'écarte — qu'on prend du recul — encore un peu ! — alors la réponse vous saute aux yeux, triomphalement en quelque sorte. C'étaient ces chaussures, bien sûr... qu'il avait fixées si intensément qu'il ne les avait pas vraiment vues.

Morse attendit, tremblant d'expectative, d'avoir achevé ses ablutions matinales avant de relire encore une fois l'opuscule du colonel, en s'attardant sur certaines choses — comme il le faisait toujours, enfant, quand il découpait méticuleusement le blanc d'œuf jusqu'à ce qu'il ne reste plus que le cercle d'or du jaune où plonger enfin ses frites en équilibre.

Quels étaient les termes exacts du rapport, au procès ? Oui, se dit-il, hochant la tête : quand Charles Franks avait examiné le corps, il l'avait reconnu, terriblement défiguré comme il l'était, à « une petite marque derrière l'oreille gauche de sa femme, une marque que seul un parent ou un amant pouvaient connaître ». *Ou un bandit.* Car, par tous les dieux, avait-on jamais vu attester une identification aussi ténue devant une cour anglaise ? Non seulement il s'agissait d'une minuscule anomalie là où personne d'autre n'en aurait jamais eu conscience, mais d'une anomalie qui n'existait *sur* la tête de Joanna Franks que pour cette seule raison qu'elle existait *dans* celle de son nouveau mari ! Oh, certes ! elle devait se trouver là ! Le médecin, le médecin légiste, l'inspecteur de police, ceux qui avaient déshabillé la morte et l'avaient préparée pour un enterrement chrétien décent — tant de témoins qui eussent pu, si le besoin s'en était fait sentir, corroborer l'existence d'un tel défaut sur ce qui avait jadis été un si joli visage. Mais qui pouvait corroborer le fait que ce visage eût été celui de Joanna, qui le fit ? Le mari ? Oui, on l'avait entendu. Mais les seules personnes en dehors de lui qui auraient pu savoir, les parents, où étaient-ils ? Apparemment, ils n'avaient joué aucun rôle dans le procès des bateliers à Oxford. Pourquoi cela ? La mère était-elle trop accablée de chagrin pour donner un témoignage cohérent ? Était-elle vivante, d'ailleurs, au moment du procès ? Le père l'était, lui, n'est-ce pas ? L'assureur...

Morse se concentra sur le point central qu'il cherchait à établir devant son propre jury imaginaire (j minuscule). Aucun tribunal n'aurait accepté une identification aussi unilatérale sans quelque élément pour l'étayer — or on avait disposé de *quelque chose* (il se reportait à nouveau aux termes exacts employés alors) : la confirmation résulta des « chaussures plus tard trouvées dans la cabine avant du *Barbara Bray* qui épousaient au millimètre les contours des pieds de la morte ». L'affaire était donc claire : un, les chaussures de la cabine appartenaient à Joanna Franks ; deux, les chaussures avaient été portées par la noyée ; donc, trois, la noyée était Joanna Franks — *quod erat demonstrandum*. Aristote lui-même se serait satisfait de ce syllogisme. Irréfutable ! Les trois énoncés aussi vrais que des Vérités éternelles ; il fallait donc que les chaussures appartiennent à la femme noyée. Mais... mais qu'en était-il si le premier énoncé était faux ? Si les chaussures n'avaient pas appartenu à Joanna ? Dans ce cas, la conclusion inévitable, c'était que, quel que fût le corps qu'on avait trouvé flottant à plat ventre dans Duke's Cut en 1859, *ce n'était pas le corps de Joanna Franks*.

Une petite minute, Morse ! (La voix de l'accusation l'assourdissait.) D'accord ! L'identification telle qu'elle avait été faite, telle qu'elle est, risque de paraître un peu ténue ? Mais avez-vous — vous — la moindre, la *moindre* raison de la discréditer ? Or la réponse dans le cerveau de Morse — sa voix — était ferme et assurée. Absolument ! Et s'il plaît à mon auditoire distingué, je vais maintenant entreprendre de lui dire ce qui s'est vraiment passé entre 3 heures et 5 heures du matin ce mercredi 21 juin 1859.

Messieurs ! Nous autres qui avons à reconstruire le déroulement en même temps que le mobile des crimes sommes tourmentés par la même pensée insistante : *quelque chose* a dû se produire et se produire d'une manière *précise*. Toute théorie, toute reconstruction, toute probabilité est sans valeur comparée à *la simple vérité physique de ce qui s'est réellement passé sur le moment*. Si seulement... si seulement, disons-nous, nous pouvions tout voir, voir les choses comme elles sont arrivées ! Messieurs, je suis sur le point de vous dire...

Venez-en au fait ! fit le juge (j minuscule).

CHAPITRE XXVII

> « Imagination, qui nous accapare tellement
> Que nous n'entendons plus les mille trompettes
> Qui sonnent à nos oreilles ! »
>
> (Dante, *Purgatoire*)

Debout dans l'embrasure de la porte à la gauche de la cabine avant, elle voyait les deux. Un journaliste les aurait peut-être décrits bavant et vomissant ; ronflant « bruyamment », à tout le moins. Mais Joanna ne devait remarquer, en cet instant, que le fait nu, l'événement pur : Oldfield et Musson endormis, seule l'oscillation de l'édredon pourpre décoloré qui les recouvrait ensemble trahissait leur respiration agitée. Ivres ? Oui, *très* ivres : Joanna elle-même y avait veillé personnellement. Elle eut un sourire lugubre et consulta la petite montre d'argent qu'elle gardait toujours soigneusement sur elle : la montre que son père lui avait donnée lors de son vingt-deuxième anniversaire (pas le vingt et unième) quand le Bureau des brevets de Londres lui avait versé des honoraires. Une fois de plus, sa main se refermait sur le précieux objet comme s'il s'agissait d'un talisman pour le succès de l'entreprise imminente.

De temps en temps, elle adressait quelques paroles, très bas, au gamin indécis, stupide, boutonneux, qui se tenait près d'elle à l'entrée de la cabine ; sa main gauche était posée sur la barre en forme de Z, striée de bandeaux alternativement rouge, vert et jaune ; la droite caressait le jabot de sa robe (et c'est elle qui l'y avait placée !). Vingt-cinq mètres plus loin, le cheval (il était plutôt brave !) allait, un peu moins vite à présent, ses bobines de bois tendues le long de ses flancs tandis qu'il avançait sur le chemin de halage silencieux — on n'entendait que le clapotis occasionnel de l'eau contre le *Barbara Bray* qui s'enfonçait dans la nuit vers le sud.

Joanna jeta un rapide coup d'œil derrière elle, sur le treillis d'osier qui protégeait la poupe de la péniche. « Un peu plus vers la rive, Tom ! » chuchota-t-elle comme le bateau approchait du coude de Thrupp, aussitôt après le village de Hampton Gay. « Et n'oublie pas notre petit marché », ajouta-t-elle en montant sur le plat-bord pendant que Wootton manœuvrait doucement pour s'approcher de plus en plus de la rive droite.

Wootton ne célébrerait pas son quinzième anniversaire avant février 1860, mais il était déjà, à bien des égards, plus mûr que son âge. Pas à *tous* les égards, cependant. Jamais, avant que Joanna ne monte à bord à Preston Brook, il ne s'était à ce point entiché d'une femme. En cela, il ne se distinguait pas du reste de l'équipage, il le savait. Joanna Franks avait quelque chose de sexuel, de vif, de *frappant*. Quelque chose dans l'éclat de ses yeux quand elle parlait ; dans la manière dont sa langue pointait doucement au coin des lèvres après des côtelettes de mouton et des petits pois dans quelque caboulot au bord du canal ; quelque chose d'à la fois pervers et calculé dans sa personne, quand elle avait bu toute sa ration d'alcool — cet alcool si désiré, qui efface les soucis, que tous les bateliers (y compris Wootton) boivent si régulièrement pendant les traversées. *Et puis Oldfield l'avait prise* — Wootton en était persuadé ! Il l'avait prise dans l'un de ces tunnels noirs comme un four où, acceptant volontiers les 6 pence d'Oldfield, il avait lentement tiré à pied le *Barbara Bray* vers la pointe de lumière grandissante pendant qu'il prêtait l'oreille aux bruits étranges, excitants, de la scène d'amour qui avait lieu sous ses pieds. Un peu plus au sud, c'avait été au tour de Towns d'accepter une pièce d'Oldfield dans un autre tunnel. Et tous deux, Towns et Musson — ce Musson émacié, au regard vicieux — ne savaient que trop bien ce qui se passait, et attendaient que la place soit libre. Ce vilain épisode entre Towns et Musson — le coup de couteau — n'avait donc rien d'étonnant !

Comme convenu, Thomas Wootton lui remit la lanterne. La nuit, bien qu'obscure, était calme et sèche ; et la flamme n'eut qu'un frémissement spasmodique tandis qu'elle s'en emparait et sautait légèrement à bas du *Barbara Bray* — sa coiffe sur la tête, ses chaussures aux pieds — sur la rive du chemin de halage où, très vite, elle disparut aux yeux du garçon qui se remit à regarder droit devant lui, un sourire flottant sur sa large bouche lascive.

Rien d'inhabituel, bien sûr, pour les dames voyageant en péniche de passer sur la terre ferme à intervalles assez réguliers. Mais il y avait des chances pour qu'elle s'absentât un peu plus longuement que d'habitude... c'est du moins ce qu'elle avait dit.

Elle se recula dans les buissons, en attendant que la forme du bateau s'enfonce dans la nuit. Puis, jugeant qu'elle ne pouvait plus être entendue de l'équipage, elle héla le nom du bonhomme — sans recevoir de réponse, d'abord — puis une nouvelle fois ; une troisième fois, enfin, jusqu'à entendre un friselis dans les buissons derrière elle, devant le mur de pierre d'une grosse demeure bourgeoise — et un « chut ! » étouffé, tendu. En effet, sa voix avait porté beaucoup trop clairement sur le canal, incitant le garçon à la barre comme celui qui menait le cheval stoïque à se retourner ensemble dans le noir. Ne pouvant rien voir, et n'entendant rien d'autre, ils n'y pensèrent plus.

Mais l'un des hommes supposés endormis avait entendu le cri lui aussi !

Pendant ce temps, Joanna et son complice se faufilaient subrepticement le long des maisonnettes de pierre grise agglutinées au niveau de Thrupp, en restant dans l'ombre ; puis, passant sous les fenêtres obscures, silencieuses, de *l'Auberge du Bateau*, ils se dirigèrent, à présent plus tranquilles, par la courte allée ceinte de haies, vers la grand-route Oxford-Banbury.

La péniche, elle, allait devoir franchir, au cours des trois milles suivants, les écluses de Roundham, Kidlington Green et Shuttleworth — cette dernière étant située juste au nord du bassin connu sous le nom de Duke's Cut. Le passage de ces écluses (tout était si soigneusement préparé !) leur fournirait toutes les occasions requises. Aucun problème. Il avait été beaucoup plus difficile de mettre sur pied leurs retrouvailles ; et Oldfield avait assurément regardé Joanna d'un drôle d'air plus d'une fois au cours des dernières vingt-quatre heures tandis qu'elle effectuait (mais par nécessité !) ses promenades diurnes et nocturnes. Elle savait toutefois comment s'y prendre avec Oldfield, le patron du *Barbara Bray*...

— Tout est prêt ?

Il hocha la tête, brusquement.

— Ne parle pas maintenant !

Ils se dirigèrent vers une carriole bâchée, attelée d'un cheval pie, attaché à un hêtre juste après le virage. La lune surgit brusquement de derrière un nuage lent ; pas une âme en vue.

— Couteau ? fit-il.

— Je l'ai aiguisé.

Il hocha la tête avec un air de satisfaction cruelle.

Elle ôta son manteau et le lui tendit ; prenant en retour celui qu'il lui passait — semblable au sien, mais meilleur marché tant par le tissu que par la coupe, et légèrement plus long.

— Tu n'as pas oublié le mouchoir ?

Elle vérifia rapidement une fois de plus, tirant de la poche droite de son ancien manteau le petit carré de lin blanc orné de dentelle, dont un coin arborait les initiales J. F. joliment brodées en soie rouge.

Subtil subterfuge !

— Elle est... elle est à l'intérieur ? demanda Joanna en se détournant à moitié vers la carriole, sa voix se faisant nerveuse, étrangement dure pour la première fois.

Il eut un mouvement de tête, ses petits yeux étincelèrent sur son visage à la barbe fournie.

— Je ne souhaite pas vraiment la voir.

— Inutile !

Il avait saisi la lanterne ; quand ils furent tous deux montés à l'avant de la carriole, il éclaira sa carte tracée à la main, pointa l'index droit sur un pont enjambant le canal, à quelque quatre cents mètres au nord de l'écluse de Shuttleworth.

— Nous descendons jusque... là ! Tu attends là et tu les rattrapes, d'accord ? Ensuite remonte à bord. Puis après ça — *après* le passage de l'écluse — tu...

— Ce que nous avons dit !

— Oui. Tu te jettes à l'eau ! Tu peux y rester aussi longtemps que tu veux. Mais veille à ce que personne ne te voie en sortir ! La carriole sera à côté du pont. Monte ! Et ne bouge plus ! D'accord ? Je te rejoindrai sitôt que...

— Veux-tu que ce soit *moi* qui le fasse ? fit Joanna en s'emparant du couteau dans sa jupe.

— Non ! dit-il en saisissant l'arme.

— Vraiment ?

— C'est que, reprit-il, c'est que son visage, eh bien... eh bien, il est devenu *noir* !

— Moi qui croyais que les cadavres blanchissaient, chuchota Joanna.

L'homme grimpa sur le siège et l'aida à monter, puis il disparut brièvement dans l'obscurité de la carriole ; là, veillant à détourner du visage les rayons de la lanterne, il souleva les jupes de la morte et pratiqua, avec l'adresse d'un chirurgien, une incision d'environ douze centimètres sur le devant de la petite culotte de calicot.

Il tendait à Joanna deux bouteilles de bière brune sombre Running Horse quand il sentit la pression de sa main sur son épaule qui le secouait, le secouait encore et encore...

— Un peu de soupe, Mr. Morse ?

C'était Violette.

(Pas de soupe.)

CHAPITRE XXVIII

> « Le mensonge est le système dans lequel nous vivons. L'alcool est une manière d'en sortir, la mort est l'autre. »
>
> (T. Williams, *La Chatte sur un toit brûlant)*

Le « Rapport » était un moment qui revenait régulièrement dans la routine de toutes les salles communes du pavillon 2 de l'hôpital John Radcliffe et consistait en une réunion du personnel médical et soignant lors des changements d'équipes, celles du matin, de l'après-midi et de la nuit. Dans plusieurs des salles, l'approche des week-ends donnait l'occasion à quelques chefs de service, à d'autres grands pontes, de se concentrer sur des plaisirs annexes tels que le yachting ou les voitures BMW. Mais dans la plupart des services semi-chirurgicaux, les rapports se déroulaient de manière inchangée ; c'était le cas ce jour-là, le deuxième dimanche du séjour de Morse à l'hôpital.

La réunion d'une heure de l'après-midi fut plutôt bien suivie, en fait : le chef de service, un interne, la surveillante Maclean, l'infirmière-chef Stanton et deux infirmières stagiaires. Tassé dans le petit bureau de la surveillante, le groupe passait en revue, méthodiquement, les patients du service, évaluait les convalescences, les rechutes, le pronostic, le traitement et autres problèmes de ce type.

Morse n'était plus un vrai problème, semblait-il

— Morse ! fit le chef de service avec un soupçon de sourire, tandis qu'on lui remettait la fiche concernée.

— Il se rétablit plutôt bien, affirma la surveillante, un peu sur la défensive, comme une mère à une réunion de parents quand on lui dit que son fiston ne travaille peut-être pas aussi dur qu'il le devrait.

— Nous sommes quelques-uns, déclara son supérieur en rendant la fiche, qui aimerions persuader ces buveurs impénitents que l'eau est une très bonne chose. Je ne voudrais pas insister, Miss Maclean, mais...

Pendant une ou deux minutes, les joues pâles de l'infirmière responsable restèrent empourprées : l'une des stagiaires arrivait à grand-peine à refréner le sourire qu'inspirait cette déconfiture du Dragon. Mais, assez curieusement, sa camarade, la Belle Fiona, découvrait, elle, tout à coup, que les traits comme la carnation du visage de la responsable auraient presque réussi à la rendre jolie

— Il ne semble pas boire tant que cela, tout de même ? risqua le jeune interne, en balayant du regard les nombreuses notes qu'il avait prises lui-même pour la plupart.

— Bêtise ! renifla, méprisant, le chef de service en claquant des doigts sur les feuilles avec irritation.

C'est un foutu menteur, non ? reprit-il. Les ivrognes et les diabétiques sont tous à mettre dans le même sac !

Puis, se tournant vers l'interne :

— Je vous l'ai déjà dit, je crois ?

Comment n'aurait-on pas pardonné à la surveillante Maclean, à son tour, de laisser flotter un soupçon de sourire sur ses lèvres tandis que ses joues avaient repris leur pâleur accoutumée ?

— Il n'est pas diabétique, s'insurgea l'interne.

— Donnez-lui encore deux ans !

— En tout cas, il se remet.

L'interne (et à juste titre, d'ailleurs) était décidé à revendiquer quelque responsabilité dans le passage somme toute satisfaisant de l'inspecteur principal Morse dans cet hôpital de l'Assistance publique.

— Il a une sacrée chance ! J'étais moi-même à moitié décidé à trancher une partie de ses viscères !

— Il faut que ce soit une nature fondamentalement solide, admit la surveillante, à présent tout à fait calme.

— Je le suppose, convint le chef de service, à l'exception de son estomac, ses poumons, ses reins, son foie — surtout son foie. Il tiendra peut-être jusqu'à soixante ans s'il fait ce qu'on lui dit — ce dont je doute.

— On le garde encore quelque jours, selon vous ?

— Non ! décida le grand chef après un silence. Non ! renvoyez-le chez lui ! Sa femme s'en occupera probablement aussi bien que nous. Même traitement — consultation externe dans deux semaines — avec *moi* ! D'accord ?

Eileen Stanton allait corriger le patron sur son erreur de fait quand une infirmière fit irruption dans le bureau :

— Excusez-moi, mademoiselle, mais il y a un arrêt cardiaque, je crois, dans l'un des lits privés.

— Est-il mort ? s'enquit Morse.

Eileen, qui était venue s'asseoir sur son lit, hocha tristement la tête. On était au milieu de l'après-midi.

— Quel âge avait-il ?

— Je ne sais pas exactement. Un peu plus jeune que vous de quelques années, j'imagine.

Son visage était lugubre :

— Peut-être que... reprit-elle.

— Vous donnez l'impression, vous-même, d'avoir bien besoin qu'on prenne soin de vous, l'interrompit Morse qui lisait dans ses pensés.

— Oui !

Elle le regarda et sourit, soudain décidée à écarter son vague à l'âme.

— Quant à vous, mon bon monsieur, vous n'en avez plus pour longtemps à profiter de nos soins tendres et aimants — deux jours. Nous vous fichons dehors — on vous a assez vu !

— Je sors, vous voulez dire ?

Morse n'était pas sûr que ce fût une bonne ou une mauvaise nouvelle. Mais elle continuait :

— Bonne nouvelle, non ?

— Vous me manquerez.

— Oui, je...

Mais il distinguait les larmes qui s'accumulaient dans ses yeux.

— Pourquoi ne pas me dire ce qui ne va pas ? fit-il doucement.

Alors elle le lui dit ; lui parla de sa misérable semaine ; de la gentillesse de l'administration qui lui avait permis de changer son tour de garde ; de la gentillesse de la surveillante, en particulier... Mais les grosses larmes dévalaient sur ses joues, ce qui l'obligea à se détourner, à se masquer le visage d'une main tout en cherchant son mouchoir de l'autre. Morse lui fourra son propre mouchoir pas très propre dans la main et ils restèrent silencieux un instant.

— Je vais vous dire une chose, reprit Morse : ce doit être plutôt flatteur de voir se battre deux gaillards à cause de soi.

— Mais non ! Pas du tout.

Les larmes recommençaient d'apparaître dans les grands yeux tristes.

— Non, vous avez raison ! Mais écoutez ! Cela ne vous servira à rien — en fait, chuchota Morse, cela vous mettra encore plus mal à l'aise. Mais si j'avais été là, moi — quand ils se battaient pour vous —, je les aurais pris tous les deux ! Vous auriez eu une empoignade de *trois* hommes, pas seulement deux !

Elle sourit derrière ses larmes, essuya ses joues mouillées ; elle se sentait déjà beaucoup mieux.

— Ce sont de grands gaillards, tous les deux. Il y en a un qui suit des cours d'arts martiaux.

— D'accord ! J'ai perdu ! Me serais tout de même battu pour vous, non ? Vous vous souvenez des mots du poète ? « Mieux vaut s'être battu et perdre que... », etc.

Morse lui-même avait apparemment oublié les paroles du poète.

Approchant son visage du sien, elle le regarda droit dans les yeux.

— Je me serais bien moquée que vous perdiez, pour sûr que vous m'ayez permis de m'occuper de vous.

— Mais vous vous *êtes* occupée de moi, dit Morse, et merci !

Elle se releva et ne dit plus un mot. L'inspecteur la regarda s'éloigner avec un peu de mélancolie. Il aurait peut-être dû lui dire qu'elle devait employer « pourvu », et non « pour sûr » ? Non ! Ce genre de détails ne tracassait guère la majorité de ses congénères, hommes et femmes.

Mais ils le tracassaient, lui.

CHAPITRE XXIX

> « Je crois que les saints du ciel s'affligent
> De voir combien de créatures terrestres esseulées
> Ont appris les simples usages du compagnonnage
> Et le réconfort d'une compagnie à l'hôpital. »
>
> (Elizabeth Barrett Browning, *Aurora Leigh)*

Il y a une certaine tristesse qui accompagne invariablement le terme de tout voyage, de tout séjour. Quant à savoir si semblable tristesse est le présage de l'ultime voyage que nous devrons tous faire ; savoir si elle est ou pas une suite d'ultimes au revoir qui traînent en longueur, cela ne nous concerne pas ici. Pour Morse, cependant, savoir qu'il allait très bientôt quitter le John Radcliffe était à la fois merveilleux et attristant. La musique l'attendait ? Certes ! il ne tarderait pas à se vautrer de nouveau dans l'adieu de Wotan, au dernier acte de *La Walkyrie* ; et à mettre Pavarotti dans l'un des opéras de Puccini à plein volume — sans doute au milieu de la matinée, quand ses voisins immédiats seraient sortis et travailleraient à leurs bonnes œuvres pour Oxfam. Les livres, également. Il était sûr que le Neighbourhood Watch[1] avait rempli sa mission dans son quartier du nord d'Oxford et que sa première édition d'*Un gars du Shropshire*[2] (1896) était restée à sa place sur ses étagères, ce mince volume blanc, bien fier au milieu de ses compagnons, sans assurance individuelle, comme un prince royal sans son garde du corps personnel. Oui, ce serait bien de rentrer à la maison, de se faire plaisir en écoutant de la musique, en lisant, en mangeant ou en... buvant. Du moins dans les limites du raisonnable. Pourtant, c'était certain, l'hôpital lui manquerait ! Les infirmières, ses compagnons malades, la routine, les visites — tant de choses lui manqueraient de cette institution qui, malgré ses rares défauts, grâce à ses nombreuses qualités, l'avait accueilli malade et le renvoyait maintenant en relative bonne santé.

Mais quitter la salle 7C ne fut pas pour lui une expérience mémorable. Quand on lui transmit le message — plutôt discrètement — de se préparer à rejoindre un groupe de personnes qu'on transportait dans son quartier, il eut à peine le temps de saluer quelqu'un. L'un de ses compagnons (« Waggie ») se livrait à ses premières ablutions tout seul après son opération, dans la salle de bains ; un autre dormait à poings fermés ; le porteur de torche éthiopien était assis sur son lit, redoutant à l'évidence d'être

1. Système de protection contre le vol pratiqué localement par le voisinage. (*N.d.T.*)

2. Célèbre recueil de poèmes d'Alfred Edward Housman (1896). (*N.d.T.*)

dérangé, lisant *Le Billet bleu* (!) ; le dernier était enfermé derrière ses rideaux depuis plusieurs heures et n'avait plus longtemps à vivre en ce monde, semblait-il ; il avait, lui, peut-être déjà salué le monde entier. Quant aux infirmières, la plupart s'activaient énergiquement (il y avait un ou deux nouveaux visages) et Morse comprit qu'il n'était qu'un malade parmi d'autres qui ne réclamait plus les soins intensifs de la semaine précédente. Pour ce qui était d'Eileen, il savait qu'il ne la reverrait pas car elle avait repris son service de nuit ordinaire, comme elle l'en avait prévenu. La surveillante n'était pas davantage visible quand un jeune brancardier dynamique, aux cheveux en brosse, nanti de boucles d'oreilles, vint lui apporter son fauteuil roulant. Il aperçut tout de même la Belle Fiona — assise patiemment dans l'alcôve voisine auprès d'un antique vieillard, qui tenait un crachoir devant ses lèvres baveuses. Elle agita sa main libre et articula un « Bonne chance ! » Mais Morse ne savait pas lire sur les lèvres et, sans comprendre, il fut poussé dans le couloir de sortie où son pilote et lui durent attendre l'arrivée de l'ascenseur de service au niveau 7.

CHAPITRE XXX

« Lente currite, noctis equi ! » (Oh, galopez lentement, vous autres chevaux de la nuit !)

(Ovide, *Amours*)

Bien que Mrs. Green eût laissé en marche, à petite vitesse, le chauffage central, l'appartement semblait froid et peu accueillant. Il aurait été bien agréable d'y être reçu par un être quelconque : sans doute (et d'abord) par Christine, ou Eileen, voire Fiona ; même, à bien y réfléchir, par le redoutable dragon du Loch soi-même. Mais il n'y avait personne. Lewis n'était pas venu retirer le courrier fourré dans la boîte aux lettres où Morse ramassa deux enveloppes blanches de cartes de Noël (dont l'une de sa compagnie d'assurances nantie du fac-similé de la signature du directeur général) ; et ses deux journaux du dimanche. Ces derniers reflétaient invariablement le conflit, dans l'esprit de l'inspecteur, entre Culture et Nature — le choix entre la « une » du premier : *Indécision du synode sur le denier du culte*, et celle du second : *Martyre d'un esclave sexuel retenu six semaines dans un cercueil de soie*. S'il choisit d'abord ce dernier (il le fit en effet), au moins avait-il une excuse : sa « une » était bien meilleure. Et ce dimanche, comme d'habitude, il commença par feuilleter les photographies de seins nus opulents, les articles sur les intrigues d'Hollywood et les infidélités larmoyantes. Puis il se fit une tasse d'instantané (qu'il préférait de loin au « vrai » café) avant de prendre connaissance des fluctuations les plus récentes des Bourses mondiales et des sombres perspectives menaçant les millions de malades et d'affamés des continents défavorisés.

A cinq heures et demie le téléphone retentit et Morse comprit qu'il ne souhaitait qu'une chose : que ce fût Christine à l'autre bout du fil.

C'était Christine.

Non seulement elle avait repéré le livre rare (et fort précieux) dont Morse s'était enquis, mais elle avait passé environ une heure cet après-midi (« N'en parlez à personne ! ») à lire les pages intéressantes mais pour ne découvrir (« Ne soyez pas déçu ! ») qu'un seul court chapitre consacré à l'entretien de Samuel Carter et du vieillissant Walter Towns au sujet du procès des bateliers.

— C'est merveilleux ! fit Morse. D'où appelez-vous ?

— De... De chez moi.

(Pourquoi cette hésitation ?)

— Peut-être...

— Écoutez ! interrompit-elle. J'ai fait une photocopie. Voudriez-vous que je vous l'envoie par la poste ? Ou je pourrais...

— Pourriez-vous la lire rapidement à l'appareil ? C'est plutôt court, n'est-ce pas ?

— Je ne suis pas une très bonne lectrice.

— Raccrochez — et je vous rappelle ! Nous pourrons alors parler aussi longtemps que nous voudrons.

— Je ne suis pas *à ce point* gênée, vous savez.

— Très bien. Allez-y !

— Ça commence page 187. Prêt ?

— Prêt, mademoiselle !

« Parmi les personnes rencontrées à Perth au cours des derniers mois figure un homme du nom de Walter Towns. Bien qu'il fût connu comme une célébrité du cru, j'eus du mal à deviner la qualité ayant valu un tel renom au spécimen plutôt — disons même totalement — misérable qu'on me présenta bientôt. C'était un homme de courte taille, d'1,52 mètre au plus, mince, le visage émacié, aux joues profondément ridées des yeux à la bouche ; en outre, son teint excessivement jaunâtre était resté intact en dépit du soleil, si puissant dans cette région, et sa maigreur était encore rehaussée par l'absence complète de dents à la mâchoire supérieure. Pourtant, ses yeux exprimaient l'intelligence (quoique limitée) et également une certaine tristesse, comme si le souvenir lui revenait d'actes mauvais qu'il aurait accomplis. En réalité, la situation de cet homme était aussi mélodramatique qu'auraient pu le souhaiter mes lecteurs, car on l'avait soustrait au gibet à la dernière minute. Aussi est-ce avec la plus grande curiosité, le plus grand intérêt, que je l'interrogeai.

» On avait assassiné une femme près d'Oxford en 1860, sur un canal local, et les soupçons s'étaient concentrés sur l'équipage d'une péniche se dirigeant vers le sud et Londres. Les quatre membres d'équipage, dont Towns lui-même et un garçon d'environ quatorze ans, furent dûment arrêtés et inculpés. Si l'on acquitta le plus jeune, les trois autres furent convaincus de meurtre et incarcérés dans la prison de la ville d'Oxford, dans l'attente d'une exécution publique. C'est là, deux ou trois minutes après l'ultime visite du chapelain aux prisonniers dans leurs cellules, que Towns apprit la nouvelle de sa grâce. Peu d'êtres humains, certainement, ont pu faire l'expérience d'un épisode [Christine reprit ici les guillemets] si dramatique pour leur destin. Pourtant, ma conversation avec Towns s'avéra fort décevante. Pratiquement illettré (ce qui était bien explicable), le bonhomme était aussi difficilement compréhensible. Son dialecte de l'Ouest (comme je l'identifiai aussitôt) était si surchargé d'inflexions australiennes que c'est avec grande difficulté que je pus saisir certaines de ses affirmations. En bref, l'homme que je rencontrai semblait très mal armé pour affronter les rigueurs de la vie — du moins celles qui attendent l'homme libre. Et Towns était un homme libre, ayant accompli ses quinze années de peine au pénitencier de Longbay. Un homme brisé, perdu ; vieilli avant l'âge (il n'avait que quarante-sept ans), un convict de l'ancien temps qui avait connu l'ineffable agonie de qui attend son exécution pour le lendemain.

» Au sujet des événements répugnants et macabres invariablement liés aux dernières heures de ces criminels, je ne pus apprendre grand-chose. Pourtant, quelques faits intéresseront peut-être mes lecteurs. Il est avéré, par exemple, que chacun des prisonniers eut un petit déjeuner d'agneau rôti et de légumes bien qu'il paraisse vraisemblable, d'après les vagues souvenirs de Towns, qu'un petit déjeuner similaire ait été servi pendant toute la période qui suivit l'arrêt de la date de l'exécution. Plus ennuyeux, selon Towns, le fait de ne pouvoir rendre visite à ses compagnons criminels ; et si j'ai bien compris ce malheureux, ce fut cette "privation" qui fut la chose la plus dure à supporter. Quant à savoir s'il avait un peu ou pas du tout dormi pendant cette nuit cruciale, Towns ne s'en souvenait guère ; pas davantage s'il avait prié pour être pardonné ou délivré. Or, un miracle se produisit !

» Assez curieusement, ce ne fut pas la pendaison elle-même qui constitua l'obsession de ses pensées torturées au cours de cette nuit. Ce fut plutôt la perspective de la curiosité publique suscitée par l'affaire — l'infamie, l'horreur, l'abomination, le spectacle insoutenable, la *célébrité* ; une célébrité qui pourrait inciter ces malheureux à franchir les quelques derniers mètres avec un courage que les spectateurs les plus cruels eux-mêmes pussent admirer.

» Du crime proprement dit, Towns affirmait être totalement innocent — protestation qui n'est pas sans précédent dans les annales du crime ! Mais son souvenir du voyage sur le canal — et surtout de la victime elle-même, Joanna Franks — était aigu et fort poignant. A ses yeux, la femme avait été merveilleusement séduisante et l'on ne sera pas surpris d'apprendre qu'elle était devenue, presque aussitôt, l'objet du désir des hommes et le motif de rivalités déclarées. De fait, Towns se rappelait que deux membres d'équipage (ceux qui finirent par être pendus) en étaient venus aux mains à cause de cette femme provocante et désirable. L'un d'eux était muni d'un couteau ! L'adolescent lui-même, Harold Wootton, avait succombé à son charme et cette femme plus âgée en avait sans doute profité. En même temps, d'après l'affirmation de Towns et la manière dont il me la fit, j'ai tout lieu de penser qu'il n'eut aucun rapport sexuel, lui-même, avec cette femme.

» Il reste à dire une chose importante. Dans la première accusation (comme je l'ai lu par la suite) on aurait peut-être plus facilement étayé l'accusation de viol ou de vol que celle de meurtre. Pourtant, ce fut l'accusation de meurtre qu'on mit en avant lors du deuxième procès. Dans ce genre d'affaires, il arrive souvent qu'on écarte l'accusation secondaire pour se concentrer sur l'accusation principale. Faut-il y voir la raison de la loquacité relative de Towns au sujet de la possibilité d'un *vol* ? Je ne sais. Mais sa conviction, telle qu'il me la livra, était que Wootton s'intéressait davantage au vol qu'au viol. Après tout, la possibilité d'aventures sexuelles sur les canaux anglais n'était pas plus réduite en 1860 qu'aujourd'hui. »

— Eh bien, voilà ! Je vais vous la poster ce soir, donc vous devriez...

— Ne pouvez-vous me la déposer ?

— Eh bien, je suis un peu débordée, pour l'instant, répondit-elle après un petit silence gêné.

— Très bien !

Morse n'avait pas besoin d'excuses supplémentaires. Ayant plongé le thermomètre dans l'eau, il s'apercevait que l'indication était un peu trop basse pour suggérer une baignade conjointe.

— Vous comprenez, reprit Christine, je vis avec quelqu'un...

— Et il ne croit pas que vous deviez passer votre temps à m'aider.

— Je n'ai pas arrêté de parler de vous, qui plus est, ajouta-t-elle calmement.

Morse resta muet.

— Votre adresse est-elle celle de l'annuaire ? « E. Morse » ?

— C'est moi !

— Que représente le « E » ? Je n'ai jamais su quel était votre prénom.

— On m'appelle « Morse », tout simplement.

— Vous ne m'oublierez pas ? fit-elle après un petit silence.

— Eh bien, je suppose que je vais essayer.

Morse pensa à elle pendant un bon moment après avoir raccroché. Puis il se souvint du témoignage de Samuel Carter et s'émerveilla qu'un enquêteur de l'expérience indéniable, de l'intégrité de Carter, pût faire autant d'erreurs factuelles en trois ou quatre pages ; la date du meurtre ; l'accent de Towns ; son âge ; le prénom de Wootton ; l'abandon de l'accusation de viol... Très intéressant, cependant. Car enfin, Morse avait deviné juste au sujet de cette bagarre au couteau ! Enfin, presque ; il s'était trompé de bonhomme, mais...

CHAPITRE XXXI

« La deuxième côte fait face à l'Espagne et à l'ouest, et au-delà s'étend l'île d'Hibernia, qui, d'après les estimations, ne fait que la moitié de la Bretagne. »

(Jules César, *Sur la guerre des Gaules*, à propos de la géographie de l'Irlande)

Dix minutes plus tard, le téléphone se remit à sonner, et Morse savait au fond de lui que c'était Christine Greenaway. C'était Strange.

— Vous voilà donc sorti, Morse, n'est-ce pas ? C'est bien. On me dit que vous avez passé des moments difficiles.

— On se remet, monsieur. Gentil à vous d'appeler.

— Ça ne presse pas terriblement, vous savez, que vous reveniez, je veux dire. Nous manquons un peu de personnel pour le moment, mais prenez quelques jours — pour récupérer. C'est compliqué, l'estomac, vous savez. Pourquoi ne pas essayer de partir quelque part pour un ou deux jours, changement de cadre, un hôtel quatre étoiles ? Vous en avez les moyens, Morse.

— Merci, monsieur. D'ailleurs, j'y songe, ils m'ont donné une quinzaine de jours — à l'hôpital.

— Quinzaine ? *Quinze* jours ?

— C'est que... c'est une chose compliquée que l'estomac, monsieur.

— Oui, eh bien...

— Je serai de retour dès que possible, monsieur. Et cela ne me fera peut-être pas de mal de suivre votre conseil — au sujet de ces petites vacances.

— Ça vous fera beaucoup de bien ! Le beau-frère (Morse gémit intérieurement) est juste de retour d'un merveilleux séjour. Irlande — Irlande du Sud — est parti en voiture — Fishguard — Dun Laoghaire — puis la côte ouest — vous savez, Cork, Kerry, Killarney, Connemara — splendide, m'a-t-il dit. Selon lui, on n'aurait pu repérer un terroriste même au téle-scope !

Ç'*avait* été gentil de la part de Strange de téléphoner ; et, installé dans son fauteuil, Morse tendit distraitement la main vers son atlas mondial sur l'étagère des gros livres, où l'Irlande était un losange vert et jaune en page 10 — un pays auquel Morse n'avait jamais vraiment songé auparavant. Bien que les fautes d'orthographe excitassent invariablement sa colère, il s'avoua qu'il n'eût jamais réussi à orthographier correctement « Dun Laoghaire », même en s'y reprenant à vingt fois. Et où se trouvait Kerry ? Ah oui ! Par là, à l'ouest de Tralee — il était sur la feuille droite de la carte — et il suivit du doigt la côte jusqu'à Galway. C'est alors qu'il l'aperçut : *Bertnaghboy Bay* ! D'un seul coup, l'idée d'un voyage dans le Connemara lui parut irrésistible. Tout seul ? Oui, il le faudrait sans doute ; et cela ne l'ennuyait pas, en réalité. Il était plutôt solitaire de tempérament — car s'il n'était jamais vraiment heureux tout seul, il était souvent encore plus malheureux accompagné. Ç'aurait été bien de partir avec Christine, mais... et pendant quelques instants, ses pensées revinrent à la salle 7C. Il allait envoyer une carte à Eileen et Fiona ; et peut-être aussi à « Waggie » Greenaway. Oui, ce serait un beau geste ; Waggie se trouvait dans la salle de bains à son départ, mais ç'avait été un charmant vieux...

Tout à coup, Morse eut conscience d'un agréable frisson sur l'échine, qui se répandit sur ses épaules. Ses yeux se dilatèrent, se mirent à pétiller comme sous l'effet de quelque courant intérieur : se renversant dans son fauteuil, il se sourit lentement.

Quelle était donc, se demandait-il, la démarche habituelle, dans la République irlandaise, pour une *exhumation* ?

CHAPITRE XXXII

> « Oh ! comme nous compliquons notre toile
> Quand nous voulons tromper pour la première fois ! »
> (Sir Walter Scott, *Marmion)*

— Vous *quoi* ? s'enquit un Lewis ébaubi qui passait à 19 h 30.

(« Pas avant la fin des *Archers*, » telle était l'instruction stricte.)

Il avait fait pour sa part une intéressante petite découverte — enfin, disons que c'était la policière de St Aldate's, plus exactement, qui l'avait faite — dont il espérait qu'elle amuserait Morse dans son jeu anodin « Chercher Joanna Franks ». Mais voir Morse précéder la meute de cette manière, pourchasser (comme Lewis voyait les choses) un renard imaginaire de sa fabrication, c'était, sinon inhabituel, du moins un peu déroutant.

— Vous comprenez, Lewis (Morse allait droit au but), c'est l'une des plus jolies petites machinations que nous ayons jamais rencontrées. Les *problèmes* inhérents à l'affaire — presque tous — sont toujours élucidés sitôt que nous accomplissons un pas supplémentaire dans le territoire de l'improbabilité imaginaire.

— Je suis déjà perdu, monsieur, protesta Lewis.

— Pas du tout ! Contentez-vous d'accomplir un pas supplémentaire, *vous-même*. Vous croyez être dans l'*obscurité* ? D'accord ? Mais nous y sommes tous. L'obscurité est l'endroit où je me trouvais jusqu'à ce que j'accomplisse un pas supplémentaire dans cette obscurité. C'est alors, après l'avoir accompli, que je me suis retrouvé au *soleil*.

— Ravi de l'apprendre, marmonna Lewis.

— Voici l'affaire. Quand j'ai eu lu l'histoire, je me suis senti mal à l'aise... incertain. C'était l'épisode de l'identification qui m'ennuyait — et il aurait ennuyé n'importe quel responsable de notre police aujourd'hui, vous le *savez* bien ! Mais, plus important, si nous considérons la psychologie d'ensemble...

— Monsieur ! (On n'avait presque jamais vu Lewis interrompre son chef de manière aussi péremptoire.) Pourrions-nous — pourriez-vous — s'il vous plaît oublier toute cette histoire de psychologie ? J'en ai déjà plus que mon compte dans mes rapports avec les gens du service social. Pourriez-vous m'exposer, tout simplement...

— Je vous ennuie, est-ce ce que vous voulez dire ?

— C'est *exactement* cela, monsieur.

Morse hocha joyeusement la tête.

— Alors, soyons simple, d'accord ? Je lis un récit à l'hôpital. Je m'y intéresse. Je pense — *pense* — que ce ne sont pas les gens concernés qu'on a arrêtés, puis pendus, pour le meurtre de cette petite dinde de Liverpool. Comme je vous l'ai dit, j'estime que l'identification de la dame est un peu contestable ; et quand je lis les mots censés avoir été prononcés par les bateliers, eh bien, je suis sûr qu'il y a quelque chose qui *cloche*. Vous comprenez.

— Vous avez dit que vous iriez droit au but, monsieur.

— J'ai pensé que le père de Joanna... Non ! reprenons depuis le début ! Le père de Joanna obtient une place de courtier en assurances. Comme la plupart des gens dans sa situation, il s'arrange pour que plusieurs membres de sa famille, s'ils sont assez stupides, contractent une de ses polices. Il en retire une commission et ne vend pas un produit véreux, de toute manière, n'est-ce pas ? Je pense que tant Joanna que son *premier* mari, notre ami le prestidigitateur, ne tardèrent pas à gonfler la liste des assurés. Puis les temps deviennent difficiles ; et pour couronner le tout, Donavan, le plus grand homme du monde, part et meurt. Lorsque le chagrin naturel de Joanna est retombé — ou, mieux, s'est évaporé —, elle se rend compte qu'elle s'est très bien débrouillée, merci, grâce à l'assurance prise sur la vie du défunt. Elle touche 100 livres avec les intérêts sur une police contractée deux ou trois ans plus tôt seulement. Or plus de cent livres en 1850 et quelques, cela représente une somme d'argent considérable ; et Joanna commence peut-être, dès lors, à mesurer l'avantage de la *malhonnêteté* dans ce contexte. Elle envisage l'assurance non seulement comme un possible profit futur, mais comme une source de profit actuel et immédiat. Ainsi, après la mort de Donavan, lorsqu'elle rencontre puis épouse Franks, l'une des premières choses dont elle le presse, c'est qu'il contracte une police — non pas sur *sa* vie, à lui, mais sur *la sienne*. Son père pouvait opérer, et opéra sans doute, une telle transaction sans problème, bien que ce fût sans doute à la suite de cela que la Notts and Midlands Friendly Society se soit un peu méfiée du père de Joanna, Carrick — Daniel Carrick —, et qu'elle lui ait fait savoir que ses services n'étaient plus...

— Monsieur !

Morse leva la main droite.

— Joanna Franks n'a *jamais* été assassinée, Lewis ! Elle fut le maître d'œuvre — la maîtresse d'œuvre — d'une machination qui allait permettre de récolter un profit considérable et désespérément nécessaire. C'est une *autre* femme, à peu près du même âge et de la même taille, qu'on a trouvée dans le canal d'Oxford ; une femme fournie par le second mari de Joanna, le valet d'écurie d'Edgware Road, qui avait déjà fait le voyage — pas difficile pour *lui* ! — avec son cheval et sa carriole depuis Londres, pour retrouver sa femme à Oxford. Ou, pour être plus précis, Lewis, à quelque endroit un peu plus au nord. Vous vous souvenez du livre du colonel ?

Morse rechercha la plage à laquelle il pensait.

— Voilà : « Il expliqua comment, suite à une information, il s'était rendu dans l'Oxfordshire. » Foutu menteur !

Lewis, désormais intéressé malgré lui, hocha la tête.

— Donc ce que vous dites, monsieur, c'est que Joanna a joué le refrain de l'assurance et s'est probablement fait un joli petit magot, pour elle et pour son père ?

— Oui ! Mais il n'y a pas que cela. Écoutez ! Je

puis me tromper, Lewis, mais je pense que non seulement Joanna fut identifiée à tort comme la femme légale de Charles Franks, mais que Charles Franks était le *seul* mari de la femme censée avoir été assassinée sur le *Barbara Bray*. En bref, le « Charles Franks » qui a fondu en larmes lors du deuxième procès n'était *autre que Donavan*.

— Vous m'en direz tant !

— Un homme plein de talents ; c'était un acteur, un magicien, un comédien, un forban, un filou de premier ordre, un meurtrier insensible, un mari aimant, un témoin larmoyant, c'était le prèmier et *l'unique* mari de Joanna Franks : F. T. Donavan ! Nous avons tous pensé — vous pensiez et moi-même je partageais cette opinion — qu'il y avait trois personnages principaux dans ce petit drame ; et voici que je vous dis, Lewis, que, selon toute probabilité, nous n'en avons que *deux*. Joanna ; et son mari — le plus grand homme du monde ; l'homme enterré sur la côte ouest de l'Irlande là où se brisent les grandes lames venues de l'Atlantique... si j'en crois ce qu'on m'a dit...

CHAPITRE XXXIII

> « *Stet difficilior lectio* » (Qu'on garde la lecture la plus difficile.)
>
> (Principe couramment appliqué par les éditeurs confrontés à des variantes dans les manuscrits anciens)

Lewis restait silencieux. Qu'eût-il pu faire d'autre ? Il avait dans la poche une précieuse petite preuve, mais, tant que l'esprit de Morse voguait dans la stratosphère, il était hors de question de l'en détourner. Il déposa sur la table basse l'enveloppe contenant une unique photocopie et continua d'écouter.

— Dans le compte rendu des derniers jours de Joanna, nous avons quelque indication qu'elle ait pu être un peu dérangée ; et cette hypothèse serait étayée par le fait qu'elle n'arrêtait pas, à un certain endroit, d'appeler le nom de son mari — « Franks ! Franks ! Franks ! » D'accord ? Mais ce n'est *pas du tout* lui qu'elle appelait — elle appelait son *premier* mari, Lewis ! J'étais assis ici, à réfléchir à « Waggie » Greenaway...

— Et à sa fille, marmonna Lewis en aparté.

— Et j'ai pensé à « Hefty » Donavan. F. T. Donavan. Et je parierais mon salaire du mois prochain que ce « F » signifie « Frank » ! Car qui a jamais entendu une femme appeler son mari par son nom de famille ?

— Moi, monsieur.

— Sottise. Pas à notre époque.

— Mais justement, ce n'est pas notre époque. Il s'agissait...

— Elle appelait *Frank Donavan* — croyez-moi !

— Mais il se peut qu'elle ait été un peu dérangée, malgré tout, et dans ce cas...

— Sottise !

— Eh bien, nous ne le saurons jamais, n'est-ce pas, monsieur ?

— Sottise !

Morse se calait dans son fauteuil avec l'expression satisfaite, autoritaire, d'un être qui considère que ce qu'il a traité trois fois de sottise est nécessairement faux, d'après toutes les lois de l'univers.

— Si seulement nous savions quelle était leur taille — celle de Joanna et... l'autre femme, qui qu'elle fût. Mais il n'y a aucune chance, n'est-ce pas ? Ce cimetière, Lewis...

— Laquelle voulez-vous d'abord, monsieur ? La bonne ou la mauvaise nouvelle ?

Morse fronça les sourcils, en indiquant l'enveloppe.

— Qu'est-ce que c'est ?

— La bonne nouvelle.

Morse tira lentement la photocopie de son enveloppe et l'étudia.

7 h 25.
Corps noyé dans bassin
d'eau alloué D de M —
emmené Aub Charrue à Wolv —
identité probable ? inconnue.
Indices prélim, indiquent
mort par noyade — pas de blessure
visible — 1,62 mètre —
bien nour. — env. 35 ans. Hématome
sur bouche (drt) — corps chaud
entièrement vêtu, *sans* coiffe ni souliers —
visage décoloré, noir.

— Pas le rapport du médecin légiste, inspecteur, mais presque aussi bien. Ce gaillard doit l'avoir vue avant l'autopsie. Intéressant, non ?

— *Très* intéressant.

Le rapport était inscrit sur une feuille de papier libre, daté et signé par un certain « Dr. Willis », apparemment, car l'écriture était non seulement typique de la quasi-illisibilité toujours associée à la profession médicale, mais les lettres *d* et *t*, *c* et *e*, *u* et *i* étaient interchangeables — elles semblaient gravées comme autant d'hameçons semi-circulaires. Sans doute les notes d'un médecin local méticuleux auquel on avait demandé de confirmer la mort et de prendre les décisions qui s'imposaient — en l'occurrence, de confier l'affaire à l'autorité supérieure. Pourtant, il y avait une ou deux vraies perles, ici : le brave Willis avait pratiqué une mesure exacte de la taille et avait écrit une ou deux observations fort pertinentes (et apparemment correctes). Contrariante, cependant, du point de vue de l'inspecteur, cette affirmation catégorique selon laquelle le corps était encore *chaud*. Ce devait être ce document qu'on avait incorporé dans les résultats ultérieurs de l'autopsie, plus tard repris devant la cour et dans le récit du colonel. Et c'était *vraiment* dommage ; car si Morse avait eu raison de supposer qu'on avait substitué un autre corps à celui de Joanna Franks, il avait fallu tuer cette femme aux petites heures du matin et l'on n'avait donc pu la noyer que trois ou quatre heures plus tard. Beaucoup trop *risqué*. Curieux, en tout cas, que le visage de cette femme ait noirci si vite ; mais l'on ne pouvait se cacher la vérité : le premier disciple d'Esculape à avoir examiné le cadavre l'avait trouvé encore *chaud*.

Était-ce ce que le rapport disait, malgré tout — « encore chaud » ? Mais non ! Il disait « chaud » seulement... Mais le disait-il ?

L'inspecteur examina soigneusement la feuille et sentit le frisson familier lui parcourir les épaules. Était-ce possible ? Chacun avait-il mal lu le rapport ? A chaque fois, les diverses notations étaient séparées par quelque ponctuation — des tirets (8) ou des points (4) ou des virgules (2), voire des points d'interrogation (un seul). Toutes les notes sauf une, du moins ; l'exception était « chaud / vêtu ». Il n'y avait ni tiret ni point entre les deux notions clairement disparates, à moins que la photocopieuse ait été infidèle. Non ! La solution était beaucoup plus simple. Il n'y avait aucune séparation qui requît une ponctuation ! Morse relut la dixième ligne :

« sur bouche (drt) — corps chaud »

puis il examina trois autres faits. Tout au long, les *t* n'étaient que des sortes de traits verticaux, de même que les *d* ; en outre, Willis semblait fort épris des abréviations. De sorte que la ligne devait sans doute — devait certainement ! — s'interpréter comme suit : « sur bouche (à droite) — le corps était ». Le corps « était entièrement vêtu » ! Le corps n'était pas « chaud » ; pas selon Morse. D'un seul coup, le cadavre redevint très très froid.

Lewis, s'il acceptait totalement une interprétation différente, ne semblait pas partager l'excitation qui semblait envahir son chef ; il était temps de lui donner les mauvaises nouvelles.

— Aucune chance de vérifier cela sur place, dans le vieux cimetière de Summertown, monsieur.

— Pourquoi pas ? Les pierres tombales y sont encore, pour certaines — c'est ce qu'il dit, non ? — et je les ai vues moi-même...

— On les a toutes ôtées quand on a construit les appartements.

— Même celles que le colonel mentionne ?

Lewis hocha la tête.

Morse n'ignorait pas, bien sûr, que toute chance d'obtenir un permis d'exhumer pour creuser le coin de verdure d'une maison de retraite était fort réduite. Mais quand il songeait qu'il aurait pu confirmer sa théorie... L'affaire n'était pas d'une importance capitale, toutefois, il le savait ; il ne s'agissait même pas de corriger une grave injustice passée. Tout cela n'avait pas grande importance pour quiconque — sauf pour lui. Depuis qu'il avait commencé d'aborder des énigmes, depuis ses premiers jours d'école — la signification des mots, l'algèbre, les romans policiers, les indices déguisés —, il avait toujours aspiré, de toutes ses forces, à connaître les *réponses*, qu'elles fussent satisfaisantes ou pas. Et aujourd'hui, quelle qu'ait pu être la raison ayant conduit à cet ancien crime, il était on ne peut plus irrité de songer que la femme — ou une femme — qu'il cherchait avait reposé jusque très récemment dans une tombe identifiée du nord d'Oxford. S'était-il agi de Joanna Franks ? Aucune chance de le savoir, à présent — du moins de manière certaine. Mais si le soigneux docteur Willis avait bien pris ses mesures, n'était-ce pas impossible ?

Après le départ de son adjoint, Morse s'empara du téléphone.

— Quelle était la taille moyenne des femmes au XIXe siècle ?

— Quand, au XIXe siècle, Morse ?

— Disons au milieu.

— Question intéressante !

— Alors ?

— Cela variait, j'imagine.

— *Allons !*

— Nourriture pauvre, manque de protéines — tout le tintouin. Pas très grandes, pour la plupart. Certainement pas plus grandes que les victimes de Jack l'Éventreur dans les années 1880 ; 1,45 mètre, 1,50 mètre — ce genre de taille ; c'est à peu près la taille qu'avaient ces chères dames. Sauf une. Stride, je crois. Oui, Liz Stride. Ils l'appelaient la « Grande Liz » — elle était tellement plus grande que toutes les autres femmes à l'hospice. Vous me suivez, Morse ?

— Quelle était sa taille, à la « Grande Liz » ?

— Sais pas.

— Pouvez pas vous renseigner ?

— Quoi, maintenant ?

— Et me rappeler ?

— Quelle barbe !

— Merci.

Morse avait écouté trois minutes du duo d'amour du premier acte de *La Walkyrie* quand le téléphone retentit.

— Morse ? 1,60 mètre.

Sifflement de Morse.

— Plaît-il ?

— Merci, Max ! J'y songe, êtes-vous au labo toute la journée, demain ? Je veux vous montrer quelque chose.

Ainsi, la « petite » silhouette mesurait deux centimètres de *plus* que la « Grande Liz » ! Et ses souliers, comme Lewis l'avait vérifié, faisaient environ une taille 5 ! Eh bien, eh bien ! Presque tous les faits déterrés (bien qu'il ne s'agît probablement pas du *mot juste*[1]) renforçaient l'hypothèse hardie de l'inspecteur. Il était tout de même assez irritant de se dire qu'on n'aurait pas l'occasion d'établir la vérité. Pas en ce qui concernait Joanna Franks, en tout cas.

1. En français dans le texte. (*N.d.T.*)

CHAPITRE XXXIV

« Des vagabonds ont tué la triste chouette ;
La tour est muette sous la lune liquide ;
Mais Lady Porter, qui s'est remise à rôder
Vendra bientôt le domaine pour deux sous. »

(E. O. Parrott, *Le Spectateur*)

Le courrier de la compagnie d'assurances était le troisième et dernier rappel lui réclamant sa contribution du mois précédent ; et la première chose que fit Morse le lendemain fut de signer un chèque, avec une courte lettre d'excuses. Il ne comprenait pas grand-chose à l'argent, mais il avait jugé prévoyant (ou plutôt prudent), une douzaine d'années auparavant, de payer une cotisation mensuelle de 55 livres contre une somme globale de 12 000 livres, avec les intérêts, à soixante ans — un âge qui grossissait de plus en plus à l'horizon. Il n'avait jamais songé à ce qui se passerait s'il mourait avant le terme prévu dans sa police. Il n'avait pas d'inquiétude : il n'avait pas de soucis financiers pour l'instant, personne ne dépendait de lui, son salaire était confortable et son hypothèque serait soldée dans deux ans. Il savait bien que, comparé à la grande majorité de l'humanité, il avait beaucoup de chance. Tout de même, il devrait peut-être songer à faire un testament...

TARIF DE LA MUTUELLE

La table suivante fournit l'évolution des cotisations pour une assurance de 100 livres souscrite sur la vie d'un mutualiste ; ainsi que le bénéfice net payable après sept ans, compte tenu d'une réduction de 72 %, que pourront revendiquer les souscripteurs qui s'assurent maintenant si le taux d'abattement actuel est maintenu.

Age au prochain anniversaire	Cotisation annuelle			Réduction 72 %			Cotisation nette			Age au prochain anniversaire	Cotisation annuelle			Réduction 72 %			Cotisation nette		
	£	*s.*	*d.*	£	*s.*	*d.*	£	*s.*	*d.*		£	*s.*	*d.*	£	*s.*	*d.*	£	*s.*	*d.*
21	2	10	0	1	16	0	0	14	0	45	4	9	9	3	4	7	1	5	2
22	2	10	9	1	16	6	0	14	3	46	4	12	9	3	6	9	1	6	0
23	2	11	6	1	17	1	0	14	5	47	4	16	3	3	9	4	1	6	11
24	2	12	6	1	17	10	0	14	8	48	4	19	9	3	11	10	1	7	11
25	2	13	6	1	18	6	0	15	0	49	5	3	6	3	14	6	1	9	0
26	2	14	6	1	19	3	0	15	3	50	5	7	6	3	17	5	1	10	1
27	2	15	6	2	0	0	0	15	6	51	5	11	9	4	0	6	1	11	3
28	2	16	6	2	0	8	0	15	10	52	5	16	0	4	3	6	1	12	6
29	2	17	9	2	1	7	0	16	2	53	6	0	6	4	6	9	1	13	9
30	2	19	3	2	2	8	0	16	7	54	6	5	0	4	10	0	1	15	0
31	3	0	6	2	3	7	0	16	11	55	6	9	6	4	13	3	1	16	3
32	3	2	0	2	4	8	0	17	4	56	6	14	6	4	16	10	1	17	8
33	3	3	6	2	5	9	0	17	9	57	6	19	6	5	0	5	1	19	1
34	3	5	3	2	7	0	0	18	3	58	7	4	6	5	4	0	2	0	6
35	3	7	0	2	8	3	0	18	9	59	7	9	6	5	7	8	2	1	10
36	3	8	9	2	9	6	0	19	3	60	7	15	0	5	11	7	2	3	5
37	3	10	9	2	10	11	0	19	10	61	8	0	9	5	15	9	2	5	0
38	3	12	9	2	12	5	1	0	4	62	8	7	0	6	0	3	2	6	9
39	3	14	9	2	13	10	1	0	11	63	8	13	9	6	5	1	2	8	8
40	3	17	0	2	15	5	1	1	7	64	9	1	0	6	10	4	2	10	8
41	3	19	3	2	17	1	1	2	2	65	9	8	9	6	15	11	2	12	10
42	4	1	6	2	18	8	1	2	10	66	9	17	0	7	1	10	2	15	2
43	4	4	0	3	0	6	1	3	6	67	10	5	0	7	7	7	2	17	5
44	4	6	9	3	2	6	1	4	3										

Coïncidence, il avait parlé à Lewis d'assurances la veille et beaucoup extrapolé (il le reconnaissait) en chemin. Mais c'était loin d'être improbable, n'est-ce pas, ce qu'il avait deviné ? Ces escroqueries à l'assurance ? Il sortit le premier document apporté par son informatrice à l'hôpital et étudia une fois de plus les données et les chiffres de la Nottinghamshire and Midlands Friendly Society pour 1859. Joanna était née en 1821, elle avait donc trente-huit ans en 1859. Si elle avait souscrit une police deux ans plus tôt, cela représentait une cotisation annuelle, âge au prochain anniversaire, trente-six, une cotisation annuelle de 3 livres 8 shillings 9 pence. Moins de 7 livres, quoi, pour un profit de 100 livres. Pas mal du tout. Et si Donavan avait déjà empoché le même pactole...

Morse sortit au milieu de la matinée (sa première excursion depuis son retour) et posta son unique lettre. Il ne rencontra aucun visage connu en s'engageant à droite dans Banbury Road, puis à nouveau à droite dans Squitchey Lane ; là, il emprunta la deuxième à gauche, juste après la chapelle évangélique (tout juste transformée en un petit lotissement de résidences) et descendit Middle Way. La matinée était sombre, humide et un essaim de corbeaux (qui se trompaient d'heure, peut-être) croassaient à l'envi dans les arbres sur sa droite. Il passa devant l'école primaire de Bishop Kirk, puis au milieu du lotissement avec ses fenêtres en encorbellement — et tout à coup, il le découvrit sur la gauche : Dudley Court, un immeuble de brique couleur de cannelle sur le site du vieux cimetière de la paroisse de Summertown. Un rectangle de pelouse, de cinquante sur vingt-cinq mètres, était enfermé derrière un muret, haut d'à peine 50 centimètres, qu'enjamba Morse pour se retrouver sur cette herbe ponctuée d'ifs et de buissons de baies rouges. Tout de suite sur sa gauche, la zone était circonscrite par l'arrière d'un club de quartier ; le long de ce mur, sous les branches hirsutes d'un jasmin d'hiver, recouvertes de feuilles humides de hêtre, il pouvait distinguer les moignons de quatre ou cinq vieilles stèles, brisées à la racine comme autant de dents éraflées pointant hors des gencives. A l'évidence, la proximité du mur avait empêché qu'on extraie plus profondément ces pierres ; mais tout le reste l'avait été, peut-être plusieurs années auparavant — et dûment enregistré, sans doute, dans quelque boîte de papiers poussiéreux sur les étagères des offices diocésains locaux. Au moins Morse devait-il affronter un fait tout simple : ces belles pelouses ne livreraient aucune trace d'inhumation. Aucune ! Il aurait pourtant été intéressant de savoir où la pierre avait marqué (selon la formule du colonel) l'emplacement « supra-corporel » de Joanna Franks.

Ou qui que ce fût.

Il passa devant Dudley Court où un arbre de Noël, paré d'ampoules rouges, vertes et jaunes, était déjà allumé ; puis devant les bureaux de l'Association des conservateurs du nord d'Oxford, où il n'avait jamais mis (et ne mettrait jamais) les pieds ; devant l'église des spiritualistes, où il n'était encore jamais entré ; devant le quartier général de l'Institut féminin où il lui était arrivé de louer les vertus du Neighbourhood Watch[1] ; enfin, prenant sur la gauche, il déboucha dans South Parade, juste en face du bureau de poste — où il s'aventurait une fois l'an pour payer la

1. Cf. note *supra*, p. 180.

vignette de sa Lancia. Mais, alors qu'il passait devant tous ces repères familiers, son esprit était fort loin et sa décision bien arrêtée. Si on le privait de la découverte d'un des suspects, il s'arrangerait pour dénicher l'autre ! Il avait besoin de vacances. Il allait en prendre.

Il y avait une agence de voyages de l'autre côté de la rue et la fille qui se tenait derrière le premier bureau sur la droite lui sourit d'un air éclatant.

— Peut-on vous aider, monsieur ?

— Oui ! J'aimerais (Morse s'assit), j'aimerais partir en vacances, avec une voiture, en Irlande — je veux dire la République.

Un peu plus tard ce même jour, Morse se rendit à l'Institut de pathologie William Dunn dans South Parks Road.

— Regardez ça pour moi, voulez-vous ?

Sans verser dans le commentaire cynique, Max regarda Morse d'un air dubitatif par-dessus ses lunettes.

— Max ! Tout ce que j'aimerais savoir c'est...

— Si ça vient de Marks and Spencer ou bien de Littlewoods ?

— La déchirure, Max, *la déchirure.*

— Déchirure ? Quelle déchirure ?

Max s'empara de la petite culotte avec quelque dégoût et l'examina d'une manière distraite (c'est du moins l'impression qu'en eut son visiteur).

— Aucune déchirure ici, mon vieux. Pas le plus léger signe de tension irrégulière des fibres — du calicot, d'ailleurs, non ?

— Je pense, oui.

— Eh bien, pas besoin d'un microscope pour savoir que c'est une coupure : nette, propre, directe, d'accord ?

— Avec un couteau ?
— Comment diantre coupez-vous les choses ?
— Tranchoir à fromage ? Paire de...
— Quelle chose admirable que l'imagination humaine, mon cher Morse !

Ce qui était admirable, également, c'était d'avoir reçu de Max une réponse aussi catégorique à l'une de ses questions : cela ne lui était jamais arrivé, en fait, depuis tout le temps qu'ils se connaissaient et s'entendaient assez bien, somme toute.

CHAPITRE XXXV

« N'entasse pas sur ce monticule
Les roses qu'elle aima tant ;
Pourquoi l'attrister de roses
Qu'elle ne peut ni voir ni sentir ? »
(Edna St Vincent Millay,
Épitaphe)

L'inspecteur Mulvaney le remarqua qui garait sa voiture sur le parking « visiteurs ». Quand, dix ans plus tôt, on avait transformé la petite antenne de police en un « quartier général de prévention du crime » — c'est du moins l'idée que s'en faisait Kilkearnan —, la Garda avait estimé convenable de coiffer d'un inspecteur cette escouade de quatre hommes. Cela avait peut-être l'air, *a posteriori*, un peu excessif. Avec son millier d'habitants, la bourgade avait son compte de bagarres et d'agitation devant tel ou tel des quatorze débits de boissons ; mais la petite communauté n'avait point versé jusqu'ici dans la contrebande internationale ou l'espionnage industriel. Ici, les accidents de la route eux-mêmes étaient chose rare, ce qu'on pouvait probablement attribuer aux voitures peu nombreuses plutôt qu'à la sobriété des conducteurs. Certes, il y avait des touristes, surtout pendant les mois d'été, mais même à ce moment-là ils s'arrêtaient, dans leurs Rover ou leurs BMW, pour photographier l'âne qui passait plutôt qu'ils ne menaçaient l'ivrogne de passage.

Mulvaney savait que l'homme en train de garer sa Lancia sur le seul emplacement de parking (le sien excepté) était le policier anglais qui avait téléphoné la veille pour demander qu'on l'aide à repérer un cimetière (sans intention encore bien définie) et qui pensait qu'il s'agissait de celui dominant Bertnaghboy Bay — l'unique lieu de sépulture mentionné sur la carte locale. Mulvaney avait pu confirmer à l'inspecteur principal Morse (tel était son nom) qu'il s'agissait bien du cimetière se trouvant sur le flanc de la colline, à l'ouest de la petite ville : les défunts du pays, inévitablement, étaient enterrés là, car il n'y avait pas d'autre solution de rechange.

Depuis sa fenêtre, Mulvaney observait son visiteur avec quelque curiosité. Ce n'était pas tous les jours que la police britannique et la Garda irlandaise entraient en contact ; et le personnage qui se dirigeait vers l'unique entrée principale avait l'air d'un spécimen intéressant : la cinquantaine, perdant ses cheveux blancs, une tendance à l'embonpoint, trahissant peut-être, comme on pouvait s'y attendre, un goût assez prononcé pour l'alcool. Et Mulvaney ne devait pas être déçu par l'homme à présent introduit dans l'unique bureau principal.

— Êtes-vous apparenté au Mulvaney de Kipling ?

— Non, monsieur ! Mais c'était une bonne question, et l'instruction est aussi une bonne chose !

Morse exposa sa mission improbable, ridicule, égoïste, et Mulvaney se prit aussitôt d'affection pour lui. Aucune chance, bien sûr, d'obtenir le moindre permis d'exhumer, mais son visiteur pourrait s'intéresser à la manière dont on creusait une tombe dans la République. Il était impossible de creuser une tombe un lundi et cela pour des raisons parfaitement valides, qu'il avait oubliées ; en tout cas, on n'était pas lundi, n'est-ce pas ? Puis, si l'on creusait une tombe, même un lundi, il fallait toujours — toujours, monsieur ! — que ce fût le matin, ou du moins le soir précédent. Il y avait encore un précepte important, au sujet des pelles et des pioches : il fallait les croiser sur la tombe ouverte, pour des raisons qu'un homme aussi instruit que son visiteur comprendrait de lui-même. Enfin, la coutume voulait que l'endeuillé le plus proche plaçât une petite quantité de whiskey irlandais au bord de la tombe pour les autres membres de la famille affligée ; et pour les fossoyeurs aussi, naturellement, qui avaient charrié les pelletées de terre compacte, collante. « Car, y a pas de doute, c'est toujours une tâche desséchante, ce travail de la terre ! »

De sorte que notre Morse, éploré, ressortit dans la grand-rue (la seule) pour acheter trois bouteilles de malt irlandais. On s'était mis d'accord, et il savait que quels que fussent les problèmes soulevés par l'équation Donavan-Franks, ils seraient résolus avec la sympathie entière et la coopération (officieuse) de la Garda irlandaise.

Il s'était représenté, en imagination, des projecteurs alignés illuminant une tombe bien définie, une zone entourée de barrières, une armada de policiers pour tenir les badauds à l'écart, des photographes braquant leurs téléobjectifs sur le site. L'heure ? 5 h 30 du matin, l'heure habituelle pour une exhumation. Et l'excitation serait intense. Mais cela ne devait pas être.

A eux deux, Morse et Mulvaney repérèrent assez facilement la dernière demeure du « plus grand homme du monde ». En tout, on devait dénombrer trois cents ou quatre cents tombes dans l'enceinte du cimetière à flanc de colline. Une demi-douzaine d'anges et de madones superbement sculptés veillaient çà et là sur quelques dignitaires des temps anciens et plusieurs grandes croix celtiques marquaient d'autres tombes. Mais la grande majorité des morts reposaient sans honneurs sous des monuments négligés et d'allure plus que modeste. La stèle de Donavan faisait partie de ces derniers, une pauvre chose couverte de mousse et de lichen, avec des taches blanches et ocres, haute d'à peine 60 centimètres, penchée à un angle d'environ 20 degrés par rapport à la verticale. La pierre était si rongée qu'on ne distinguait presque plus les contours généraux de l'inscription — et cela seulement de part et d'autre d'une désintégration centrale :

— C'est lui, fit Morse, triomphant.

On aurait dit que son prénom *avait* été Frank.

— Dieu bénisse son âme ! ajouta Mulvaney. A condition qu'il soit là, bien sûr.

Morse sourit et se dit qu'il eût été plaisant de mieux connaître son compère.

— Comment allez-vous expliquer... ?

— Nous ne faisons que creuser une autre tombe, monsieur, et en plein jour — comme en temps normal.

Tout fut rondement mené. Mulvaney avait ordonné aux deux hommes désignés de creuser un rectangle bien net à l'est de la stèle ; après être descendu de 60 ou 90 centimètres seulement, l'une des pelles cogna sur ce qui sonnait comme un cercueil de bois qui apparut bientôt aux regards. Une fois ôtée la terre sombre, massée de part et d'autre de la fosse oblongue, Morse et Mulvaney virent le couvercle d'un cercueil fort simple, sans la moindre plaque. Le bois, une planche d'orme de 2,5 centimètres d'épaisseur, cannelée autour du sommet, paraissait vilainement voilé mais pas en trop mauvais état. Il semblait inutile de remonter le cercueil ; Morse, trahissant une fois de plus son horreur viscérale des cadavres, déclina doucement l'honneur de soulever le couvercle.

Ce fut Mulvaney lui-même, enjambant maladroitement le trou, ses chaussures pleines de boue, qui se pencha et tira sur le haut du cercueil qui céda aisément, les vis de métal s'étant à l'évidence désintégrées depuis longtemps. Tandis que la planche se soulevait lentement, Mulvaney et son compagnon virent qu'une moisissure blanchâtre pendait de l'intérieur du couvercle ; dans le cercueil lui-même, au-dessus du corps, le linceul ou la couverture était recouvert du même type de champignon blanc.

Autour des parois, en bas, bien distinct, on découvrait le lit de sciure brune, humide, semblant aussi récent que si le corps qu'on y avait couché avait été enterré la veille. Mais quel corps ?

— Il est merveilleusement bien préservé, n'est-ce pas, monsieur ? C'est à cause de la tourbe qu'il y a dans la terre.

Ces propos émanaient du premier fossoyeur qui semblait plus impressionné par la merveilleuse conservation du bois que par l'absence du moindre corps. *Car le cercueil ne renfermait aucun corps.* Ce qu'il contenait, c'était un tapis, enroulé, d'une teinte verdâtre, d'environ 1,50 mètre de long, plié autour de ce qui ressemblait à douze mottes de tourbe. De Donavan, pas la moindre trace — pas même un bout de la dernière affiche du « plus grand homme du monde ».

CHAPITRE XXXVI

> « Le savoir d'un homme meurt avec lui ; ses vertus elles-mêmes échappent au souvenir ; mais les dividendes des valeurs qu'il lègue permettront peut-être d'entretenir sa mémoire. »
>
> (Olivier Wendell Holmes, *Le Professeur au petit déjeuner*)

Morse se rétablit rapidement pendant les jours qui suivirent son retour d'Irlande ; très vite, à son propre jugement du moins, il parvint à retrouver ce semblant de santé et de force que son médecin traitant interprétait comme un signe de bonne santé. Morse n'en demandait pas davantage.

Il s'était récemment acheté le vieil enregistrement du *Ring* par Furtwängler ; au cours des heures de béatitude élyséenne prodiguée par cette interprétation, l'affaire de Joanna Franks et les circonstances douteuses du mystère du chemin de halage oxonien perdirent de leur importance. Tout cela l'avait distrait et détendu, mais à présent c'était fini. S'il était certain à 95 % qu'on avait pendu des innocents en

1860, il ne voyait guère comment dissiper les 5 % restants de doute.

Noël approchait à grands pas et il était ravi de n'avoir pas à arpenter les magasins — pas de bas, pas de parfum à acheter. Il reçut lui-même une demi-douzaine de cartes ; deux invitations à des cocktails ; et une communication du pavillon 2 de l'hôpital John Radcliffe :

Xmas Party

L'équipe soignante de l'hôpital
John Radcliffe vous prie de lui faire
l'honneur de venir le vendredi 22 décembre
à partir de 8 heures du soir jusqu'à
minuit à l'Hôtel des Infirmières, Headlington Hill,
Disco, Boissons délicieuses, Amusement garanti !
Venez s'il vous plaît ! On s'habille
comme on veut. RSVP

La carte imprimée était signée, au feutre bleu, « Salle 7C », mention suivie d'un *X* unique.

Ce fut le vendredi 15 décembre, une semaine avant la fête prévue, que le regard de l'inspecteur tomba sur ce nom dans la colonne des décès de l'*Oxford Times* :

« DENISTON, Margery — Le 10 décembre, paisiblement chez elle à Woodstock, à l'âge de 78 ans. Elle a légué son corps à la recherche médicale. Donations bienvenues en l'honneur de feu le colonel W. M. Deniston, au Club de la British Legion, Lambourn. »

Morse repensa à sa seule rencontre avec l'étrange vieille femme, à sa fierté devant le travail de son mari — un ouvrage qui avait si extraordinairement captivé son lecteur ; un travail qu'il n'avait pas même eu à payer. Il signa un chèque de 20 livres et le fourra dans une enveloppe brune bon marché. Il hésita au moment de l'affranchissement : tarif lettres ou plis non urgents ? puis se décida pour la deuxième solution : ce n'était pas une affaire de vie ou de mort, après tout. Rien ne pressait.

Il aurait (se dit-il) volontiers assisté au service funèbre s'il y en avait eu un. Mais il était heureux qu'il n'y en eût pas : les phrases sévères, effrayantes, de l'office des morts, surtout dans la traduction du XVIIe siècle, menaçaient de plus en plus sa tranquillité d'esprit ; pour l'instant, il n'en avait guère besoin. Il chercha l'adresse de la British Legion de Lambourn dans l'annuaire du téléphone, puis s'enquit de celle de « Deniston, W. M. » : c'était 46 Church Walk, Woodstock. Avaient-ils laissé de la famille ? On n'en avait guère l'impression, d'après la notice nécrologique. Alors ? Qu'advenait-il des objets s'il n'y avait personne à qui les laisser ? Connaissaient-ils le même sort que Mrs. Deniston ? Le même sort que toute personne sans enfant et non mariée...

Difficile de garer la Lancia ; Morse finit par exhiber sa carte de police à la vieille fille contractuelle qui lui permit, à contrecœur, de chevaucher temporairement la double ligne jaune à vingt mètres environ de la maison de pierre grise dans ce lotissement de Church Walk. Il frappa à la porte qui s'ouvrit aussitôt.

Deux personnes se trouvaient dans la maison : un jeune homme entre vingt et trente ans qui se présenta comme mandaté par la librairie Blackwells pour cataloguer les quelques livres de valeur figurant sur les étagères de feu les Deniston, et un petit-neveu du vieux colonel, le seul parent survivant, qui (si Morse comprenait bien) allait récolter un fort joli magot, dans la mesure où l'on pouvait se fonder sur les prix actuels des maisons dans ce quartier de Woodstock.

Notre inspecteur exposa aussitôt, ouvertement, le motif de sa visite : il ne sollicitait rien sinon qu'on veuille bien lui dire si feu le colonel avait laissé derrière lui quelque note ou document lié au *Meurtre sur le canal d'Oxford*. Et, par chance, la réponse fut « oui », quoiqu'un « oui » sans enthousiasme. Dans le bureau se trouvait une pile de manuscrits, de feuilles dactylographiées, et une courte lettre épinglée sur l'une des premières pages du manuscrit — une lettre dépourvue de date, d'adresse d'expéditeur et sans enveloppe :

« Notre cher Daniel,

» Nous espérons tous deux que tout s'est bien passé pour vous au cours de ces derniers mois. Nous serons à Derby au début de septembre et nous espérons vous voir. Dites s'il vous plaît à Mary à quel point la robe qu'elle a faite a plu et voudra-t-elle faire l'autre une fois qu'elle ira mieux ?

» A vous fidèlement et affectueusement,

Matthew. »

C'était tout. Assez, pourtant, pour que le colonel estimât que cela valait la peine d'être conservé ! Il n'y avait qu'un seul « Daniel » dans cette histoire, Daniel Carrick, de Derby ; et tel était l'unique document sommaire qui reliait le récit du colonel, de manière tangible et physique, à toute cette lamentable affaire. Certes, Daniel Carrick n'avait jamais joué un rôle prééminent aux yeux de l'inspecteur ; or il *aurait* dû. Il était sans doute aussi crucialement impliqué que les deux autres dans la machination — la double tromperie — qui avait obligé la Notts and Midlands Friendly Society à les allonger d'abord pour la mort du grand Donavan sans cercueil puis pour celle de l'énigmatique Joanna, la fameuse non-noyée.

Il retourna la lettre pâlie, profondément chiffonnée, et vit au verso quelques notes crayonnées, très probablement de la main du colonel : « Pas de rapport de la compagnie d'assur. — Mrs. C. en très mauvaise santé à l'époque ? Pas informée de la mort de J. ? Le 12 Spring St. était encore occupé le 12.4.76 ! »

C'était donc cela — un papier et une écriture tangibles, un contact du bout des doigts avec l'un des personnages de ce drame du XIXe siècle. Quant aux acteurs principaux, la seule preuve dont on aurait pu disposer avait disparu avec leurs cadavres. Et pour ce qui était de savoir où était enterrée Joanna — ou bien « le plus grand homme du monde » —, qui le savait, le saurait jamais ?

CHAPITRE XXXVII

> « Les danseurs modernes trahissent le côté sinistre de notre époque. Ils ne se regardent même pas. Ils forment juste un tas d'individus isolés tressautant dans une sorte d'autohypnose. »
>
> (Agnes de Mille, *The New York Times*)

Les invités de la soirée avaient pleinement conscience de ce fait : « minuit », dans la bouche du concierge, voulait dire 23 h 55 ; mais rares étaient ceux qui avaient réussi à arriver à l'Hôtel des Infirmières avant 21 heures. En tout cas, l'événement n'aurait pas une importance universelle et laisserait peu de souvenirs, sinon quelques photos mal développées, et beaucoup de choses à débarrasser le lendemain matin.

Dès qu'il fit ses premiers pas dans la pièce bruyante, dans ce vacarme étincelant, Morse comprit l'erreur tragique qu'il avait faite en acceptant l'invitation. « Ne retourne jamais en arrière ! » — tel était le conseil qu'il eût dû suivre, et il avait été assez stupide pour se rappeler les draps blancs, la Belle Fiona et l'Eileen éthérée. Idiot ! Il s'assit sur une chaise pliante et branlante pour siroter un peu d'un « punch » insipide qu'on tendait à chaque nouvel arrivant dans un gobelet de plastique blanc. Constitué, si l'on pouvait se fonder sur le goût, d'environ 2 % de gin, 2 % de martini, 10 % de jus d'orange et de 86 % de limonade, il allait falloir en boire des litres, selon Morse, avant que de telles « boissons délicieuses » l'allument un peu ; il venait de se dire que le meilleur, c'était encore les petits cubes de pomme flottant à la surface quand Fiona quitta son galant à l'air maladif et vint vers lui.

— Joyeux Noël !

Elle se pencha et laissa la marque sèche de ses lèvres sur la joue de l'inspecteur avant de présenter le jeune homme gêné, répéta son souhait de bienvenue et repartit — s'abandonnant une fois de plus à une série de contorsions comme quelque épileptique poupée.

Le gobelet de plastique de Morse était vide et il passa lentement devant une longue suite de tables où il aperçut, sous des napperons blancs, des tartelettes sucrées et des brochettes de saucisses.

— Nous allons bientôt les attaquer ! fit une voix familière derrière lui, et Morse, se retournant, découvrit Eileen, seule, heureusement, et vêtue de son uniforme, contrairement à la plupart.

— Bonjour ! fit l'ex-malade.

— Bonjour ! répondit-elle d'une voix douce.

— C'est une joie de vous revoir !

Elle le regarda et hocha la tête, presque imperceptiblement.

Un homme de haute taille, qui avait l'air d'avoir été mêlé à une bagarre récente, se matérialisa de nulle part.

— Voici Gordon, fit Eileen en levant la tête vers le visage squelettique de son ami.

Puis, ayant serré la main du bonhomme, Morse se retrouva seul une fois de plus, se demandant où aller, où se mettre, comment sortir discrètement, disparaître sans dommage.

Il n'était plus qu'à quelques mètres de la porte principale quand elle apparut tout à coup devant lui.

— Vous n'êtes pas en train d'essayer de vous sauver, j'espère ?

Nessie !

— Hello, chef ! Non ! Je ne dois pas rester trop longtemps, bien sûr, mais...

— Je suis contente que vous soyez venu. Je sais que vous êtes un tout petit peu trop vieux pour ce genre de choses...

Son accent écossais chantonnant semblait se moquer gentiment de lui.

Morse hocha la tête — il était difficile de ne pas en convenir — et il baissa le nez dans son verre pour pêcher le dernier petit cube de pomme.

— Votre sergent s'occupait plutôt mieux de vous — en ce qui concerne la boisson, je veux dire.

Morse la dévisagea — d'un seul coup — un peu comme s'il ne l'avait jamais vue auparavant. Sa peau, sous cette lumière psychédélique, paraissait presque opaline, et ses yeux étaient émeraude. Ses cheveux roux étaient ramenés en arrière, ce qui soulignait les contours de son visage, tandis que sa bouche était finement et délicatement soulignée de rouge. Elle était plutôt grande, pour une femme, certainement aussi grande que lui ; mais si seulement (songeait Morse) elle avait porté quelque chose d'autre que cette robe mal fagotée, si peu flatteuse...

— Voudriez-vous danser, inspecteur ?

— Je... heu, non ! Ce n'est pas vraiment dans mes habitudes, j'en ai peur.

— Que... ?

Mais il ne devait jamais savoir ce qu'elle était sur le point de lui demander. Un jeune interne — souriant, empourpré, si à l'aise en ce lieu — l'attrapa par la main et l'entraîna vers la piste.

— Allons, Sheila ! C'est *notre* danse, tu te rappelles ?

Sheila !

— Vous n'essaierez pas de vous sauver ? lui lança-t-elle par-dessus l'épaule.

Mais elle se retrouva aussitôt sur la piste et bien vite, les autres danseurs s'arrêtèrent et se rangèrent sur le pourtour en battant des mains tandis que Sheila et son jeune partenaire captivaient tous les regards avec leur éblouissante démonstration.

Morse se sentit transpercé de jalousie en les observant, en la voyant serrer contre elle le corps du jeune homme. Il avait bien eu l'intention de rester, comme elle le lui avait demandé. Mais quand la musique eut pris fin, Nessie, toute métamorphosée, était devenue le centre d'une admiration enthousiaste : Morse déposa son gobelet de plastique sur la table voisine près de la sortie, et il se sauva.

A 9 h 30 le lendemain matin, après une nuit quelque peu agitée, il appela l'hôpital et demanda la salle 7C.

— Puis-je parler à la surveillante, s'il vous plaît ?

— Qui dois-je annoncer ?
— C'est... c'est un appel personnel.
— Nous ne pouvons recevoir les appels personnels, je suis désolée. Si vous voulez bien laisser votre nom...
— Dites-lui seulement qu'un de ses vieux patients...
— Vouliez-vous parler à la surveillante Maclean ?
— Oui.
— Elle est partie, elle est partie la semaine dernière, officiellement. Elle a été nommée directrice des Services infirmiers...
— Elle a quitté Oxford ?
— Elle part aujourd'hui. Elle est restée pour assister à une fête hier soir...
— Je vois. Je suis navré de vous avoir dérangée. On dirait que je retarde d'un train, n'est-ce pas ?
— Oui.
— Et où va-t-elle ?
— Derby, l'Infirmerie royale de Derby.

CHAPITRE XXXVIII

« Le terme même de “faubourg” traduit une vision petite-bourgeoise devant le phénomène du lotissement, où de grandes valeurs sont appliquées à d'humbles situations. »

(James Stevens Curl, *L'Érosion d'Oxford*)

Dans la mesure où la conduite à grande vitesse était son seul vice notable (excepté les œufs sur le plat avec des frites), Lewis était ravi — bien qu'il s'agît d'un de ses jours de repos — de conduire la Lancia. C'était une puissante voiture et penser au parcours d'autoroute avant la bifurcation vers la B 52 était fort agréable, ma foi. Et Morse n'avait pas caché que le but essentiel de la mission était de découvrir si une certaine artère appelée « Spring Street » existait encore — comme c'était encore le cas en 1976 — dans les faubourgs septentrionaux de Derby.

— Mettez-moi seulement de bonne humeur, Lewis, c'est tout ce que je vous demande.

Lewis ne demandait pas mieux. Ç'avait été un grand jour dans sa vie que celui où Morse avait laissé entendre à ses supérieurs que c'était surtout avec lui, sergent Lewis, que son esprit fonctionnait le mieux ; et à présent — tandis qu'il pilotait la Lancia à hauteur de Weedon sur la voie de droite — Lewis pensait avec plaisir à la vie qu'il connaissait depuis quelques années. Il n'ignorait pas, bien sûr, que leur mission actuelle était une cause perdue. Mais on a l'habitude de ce genre de choses, à Oxford.

Spring Street s'avéra difficile à repérer, malgré l'achat d'un plan de la ville chez un marchand de journaux de la banlieue nord. Morse devenait de plus en plus grincheux à mesure que se multipliaient les piétons devant lesquels Lewis baissait sa vitre sans qu'ils parussent le moins du monde informés de l'endroit en question. Enfin, la Lancia aboutit dans une zone délimitée par des palissades baptisée « Zone de développement de Derby » où deux grues jaunes, incroyablement hautes, traçaient et retraçaient leurs arcs obliques au-dessus des équipes de démolition en contrebas.

— Il pourrait être trop tard, non ? risqua Lewis.

— Aucune importance, comme je vous l'ai dit, Lewis.

Morse baissa sa propre vitre pour parler avec un ouvrier couvert de poussière de brique, coiffé d'un casque blanc.

— Avez-vous déjà rasé Spring Street ?

— Ça sera pas long, mon gars, répliqua le bonhomme en indiquant vaguement du doigt l'avant-dernier pâté de lotissements.

Légèrement blessé par le « mon gars », Morse

remonta sa vitre sans un « merci » et indiqua vaguement la direction à son chauffeur qui arrêta bientôt l'auto derrière une benne deux rues plus loin. Une jeune femme de couleur poussant une voiture d'enfant assura l'inspecteur que, oui, il s'agissait bien de Spring Street, et les deux hommes sortirent de voiture pour regarder autour d'eux.

Peut-être l'endroit avait-il connu des jours meilleurs, quelques décennies auparavant ; pourtant, à en juger par leur aspect actuel, on pouvait se demander si aucune des demeures de ce vilain cadre avait jamais figuré dans la catégorie des résidences « charmantes ». Construites, selon toute apparence, au début des années 1800, la plupart étaient maintenant à moitié en ruine, plusieurs complètement murées. A l'évidence, quelques-unes restaient louées car de la fumée s'élevait ici et là dans l'air gris depuis les cheminées étroites et jaunes ; des rideaux de dentelle blanche ornaient encore les fenêtres qui n'étaient pas cassées. Avec dégoût, Morse envisagea les boîtes de bière écrasées et les barquettes de *fish-and-chip* qui souillaient le mince trottoir. Puis il s'avança lentement avant de s'immobiliser devant une porte d'entrée peinte dans ce qu'on aurait appelé, cinquante ans plus tôt, un bleu Cambridge, où était vissée une plaque avec le numéro « 20 ». La maison faisait partie d'un groupe de six ; avançant encore un peu, Morse arriva devant la porte d'une maison abandonnée qui avait dû naguère avoir le numéro 16, d'après ses contours. L'inspecteur s'immobilisa et fit signe à son adjoint — leurs regards se posaient sur les deux maisons adjacentes, pourvues de planches contre les squatters ou les vandales. La première avait jadis été, sans doute possible, le numéro 14 — et la deuxième, le numéro 12.

Cette dernière, qui constituait le but affligeant du pèlerinage de l'inspecteur, se trouvait à l'angle et le panneau « Burton Road » ornait encore son mur, bien qu'on ne vît plus aucun signe de cette dernière rue. Sous la pancarte, un portillon de bois, pendant lamentablement par l'un de ses gonds rouillés, conduisait à une minuscule arrière-cour, envahie d'ordures et de mauvaises herbes brunâtres, encombrée d'un antique tricycle d'enfant et d'un caddy de supermarché flambant neuf. Les briques rouge terne des murs extérieurs pelaient lamentablement, et l'unique fenêtre avait été complètement arrachée, exposant aux éléments l'intérieur du misérable petit logis. Morse pointa le visage par la fenêtre, au-dessus du rebord noirci, avant de le retirer, l'air dégoûté : dans un coin de l'ancienne cuisine on devinait un tas d'excréments ; et à côté, une demi-boule de pain blanc, en tranches recroquevillées et moisies.

— Pas bien joli, hein ? chuchota Lewis, debout près de son chef.

— Elle a été élevée ici, fit Morse doucement. Elle a vécu ici avec sa mère... et son père...

— Et son frère, ajouta Lewis.

Oui ! Il avait oublié le frère, le frère cadet de Joanna, le garçon qui portait le prénom de son père —, il l'avait complètement oublié.

Malgré lui, Morse quitta la petite arrière-cour et revint lentement vers la façade, se planta au milieu de la rue déserte et regarda la maisonnette où Joanna Carrick-Donavan-Franks avait sans doute passé — quoi ? — les vingt premières années de sa vie. Le colonel n'avait pas mentionné précisément son lieu de naissance, mais... Morse repensa aux dates : née en 1821, mariée au « grand homme » en 1842. Comme il aurait été rassurant de trouver une date sur l'une de ces maisons ! Mais on n'en voyait pas trace. Si l'on avait construit cette maison dans les années 1820, fallait-il comprendre qu'elle avait passé ces vingt années dans ce trou de petite cuisine, à grandir entre l'évier, la lessiveuse, l'essoreuse et la batterie de casseroles, et ses parents... ? Et son frère cadet ? Morse avait lui aussi des souvenirs vivaces d'une cuisine aussi minuscule dans une maison qui (lui avait-on dit) avait été détruite pour céder la place à un magasin de tapis. Mais il n'y était jamais retourné. C'était toujours une erreur de revenir, car la vie se débrouillait parfaitement sans vous, merci, et les autres vaquaient splendidement à leurs propres affaires — même s'ils en étaient réduits à vendre des tapis. Oui, presque toujours une erreur ; c'en avait été une, par exemple, de retourner à l'hôpital ; c'en aurait été une (comme il y avait songé) de se rendre à l'Infirmerie royale de Derby en annonçant nonchalamment à Nessie qu'il se trouvait de passage dans la ville et avait simplement voulu la féliciter d'être devenue un grand chef...

Lewis parlait tandis que ces pensées traversaient et retraversaient l'esprit de son patron qui n'en avait donc pas écouté un seul mot.

— Vous dites, Lewis ?

— Je dis seulement que c'est ce que nous faisions, c'est tout — au-dessus de la tête, comme je dis, et l'on mettait la date en regard.

Incapable de trouver un sens à ce baragouin, Morse acquiesça comme s'il avait parfaitement compris et repartit vers la voiture. Un grand graffiti à la peinture blanche frappa son regard ; étalé sur le mur inférieur d'une maison voisine : TOUCHEZ PAS AU CHILI — mais il était difficile de savoir qui l'on exhortait à cette occupation, ou plutôt absence d'occupation, dans cette bourgade endormie. ESSAYEZ LE THÉ DE GÉO. LUMLEY 1 SHILLING 2 PENCE voilà qui semblait un conseil plus approprié, peint sur la fenêtre murée de la maison d'angle voisine, dont les lettres avaient naguère été bleues sur un fond ocre, lequel avait viré au gris acier ; un panneau qui paraissait si vieux que Joanna aurait fort bien pu le voir tous les jours en se rendant à l'école ou au terrain de jeu — un panneau surgi du passé qu'une bande de démolisseurs casqués ne tarderait pas à gommer des souvenirs de l'histoire locale quand leurs boules géantes réduiraient ce mur en poussière.

Exactement comme les vandales de l'Oxford City Council quand...

Allons, n'y pense plus, Morse !

— Et quelle direction, maintenant, monsieur ?

Cela lui coûta un peu, mais il le dit :

— Directement à la maison, je pense. A moins qu'il n'y ait quelque chose que *vous* vouliez voir ?

CHAPITRE XXXIX

Et ce pour quoi tu croyais venir
N'est qu'une coquille, un semblant de sens,
Dont le but n'apparaît qu'une fois atteint
S'il l'est. Ou tu n'avais pas de but
Ou le but dépasse la fin envisagée
Et son accomplissement la transforme. »

(T.S. Eliot, *Little Gidding*)

Morse engageait rarement la conversation dans une voiture et il restait muet tandis que Lewis pilotait en direction de l'autoroute. Comme d'habitude, son cerveau était empêtré dans ses mécanismes complexes et il avait de plus en plus conscience d'un fait irritant. Il avait toujours détesté ne pas savoir, ne pas entendre même les plus petits détails :

— Que me disiez-vous tout à l'heure ?

— Voulez-vous dire que vous n'écoutiez pas ?

— Dites-moi seulement, Lewis !

— Je parlais seulement de ce que nous faisions, enfants, c'est tout. Nous mesurions notre croissance.

Maman le faisait toujours — à chaque anniversaire — contre le mur de la cuisine. Je suppose que ce qui m'a fait m'en souvenir, c'est le spectacle de cette cuisine. Pas dans la pièce de réception — où se trouvait le plus beau papier peint ; et comme je le dis, elle nous plaçait une règle sur le sommet du crâne, vous savez, puis un trait et la date...

Morse avait cessé d'écouter, une fois de plus.

— Lewis ! Faisons demi-tour !

Son chauffeur le regarda d'un air un peu ahuri.

— J'ai dit simplement de faire demi-tour, reprit Morse, encore calme. Aussi doucement que vous voudrez — quand vous en aurez l'occasion, Lewis —, pas besoin de mettre en danger la vie des piétons ou des animaux domestiques du cru. Mais faites *demi-tour* !

Le doigt de Morse sur l'interrupteur de la cuisine ne produisit qu'un « clic » mort, malgré l'apparente nouveauté de l'ampoule qui pendait, sans abat-jour, au plafond de plâtre désintégré. On avait arraché le papier peint jaunâtre, de plus en plus jaunissant, à plusieurs endroits du mur, en plaques irrégulières et tout un morceau en pendouillait dans le coin humide au-dessus de l'évier.

— Où aviez-vous coutume de vous mesurer, Lewis ?

— Par là, monsieur.

Lewis se tenait près de la porte intérieure de la cuisine, dos au mur, où il plaça sa paume gauche à l'horizontale sur son crâne, avant de se détourner pour vérifier l'endroit où le bout de ses doigts avait marqué la hauteur.

— 1,80 mètre — à moins que je ne me sois un peu tassé.

Des centaines d'empreintes de doigt avaient souillé le papier peint à cet endroit qui ne semblait pas avoir été remplacé depuis au moins un demi-siècle ; on avait fait voler le plâtre autour de l'interrupteur en panne qui révélait quelques briques de la cloison. Morse déchira une bande de papier jaune et vit apparaître un autre papier étonnamment bien conservé, bleu ciel. Mais point de souvenirs qui renvoyassent à Joanna ; les deux hommes restaient muets et immobiles, à mesure que l'après-midi fraîchissait et s'assombrissait, de minute en minute.

— L'idée n'était pas mauvaise, pourtant, remarqua Morse.

— Une bonne idée, monsieur !

— Eh bien, une chose est sûre ! Nous n'allons pas passer ici tout l'après-midi dans l'obscurité croissante pour dépouiller ces murs de générations de papier peint.

— Cela ne prendrait pas si longtemps, malgré tout.

— Quoi ? Tous ces kilomètres...

— Nous saurions où regarder.

— Vraiment ?

— Je veux dire que c'est une petite maison ; et si nous regardions à une certaine hauteur, disons entre 1,20 et 1,50 mètre à partir du sol — en bas simplement, je me dis que...

— Vous êtes un génie, saviez-vous cela ?

— Et vous, vous avez une bonne lampe dans la voiture.

— Non, avoua Morse. Je crains que...

— Peu importe, monsieur ! Nous avons une demi-heure avant qu'il ne fasse trop noir.

Il était quatre heures moins vingt quand Lewis

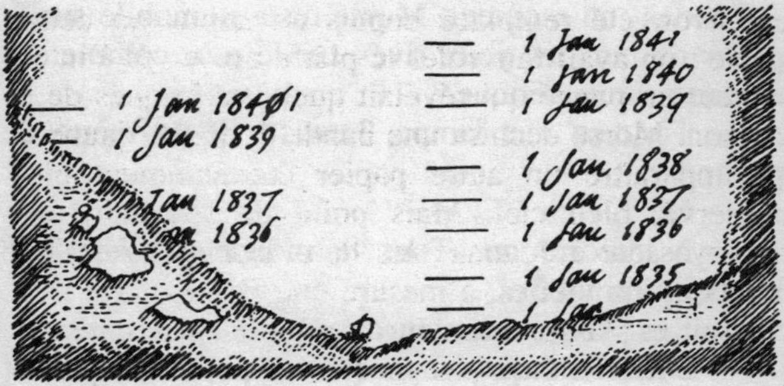

produisit un couinement d'excitation puéril sur l'étroit palier.

— Quelque chose ici, monsieur ! Et je crois, je *crois*...

— Attention ! *Attention !* marmonna Morse en arrivant, très nerveux, ses yeux bleu-gris irradiés d'une expression triomphale.

Ils retirèrent petit à petit le papier tandis que les derniers rayons de ce jour de décembre filtraient à travers la verrière dégoûtante, au-dessus de leurs têtes, et qu'ils échangeaient de temps en temps un coup d'œil avec une excitation tout à fait disproportionnée. Car là, inscrits sur le plâtre originel, sous trois épaisseurs successives de papier peint — et encore clairement visibles — se trouvaient deux groupes de lignes au crayon noir : celui de droite indiquait huit mesures, depuis environ 1,05 mètre pour la plus basse jusqu'à environ 1,50 mètre pour la plus haute, avec une date précise pour chacune ; celui de gauche ne comprenait que deux mesures (quoique pourvu de quatre dates) — et une diagonale de plâtre éboulé empêchait qu'on disposât jamais d'autres preuves.

Pendant un moment, Morse resta immobile sur le palier obscur, les yeux rivés sur le mur comme sur quelque sainte relique.

— Trouvez une lampe, Lewis ! Et un mètre de poche !

— Où ?

— N'importe où. Tout le monde possède une lampe, mon vieux.

— Sauf vous, monsieur.

— Dites-leur que vous êtes employé du gaz et qu'il y a une fuite au numéro 12.

— Le gaz est coupé !

— Allez-y, Lewis !

Au retour de son adjoint, Morse continuait d'examiner les marques du mur, l'air épanoui ; s'emparant de la torche, il la fit jouer sur la preuve. Ce supplément de lumière confirma rapidement que toute notation située sous leurs trouvailles était à jamais perdue ; il révélait également une lettre entre les deux groupes de mesures, légèrement sur la droite, qui appartenait probablement au deuxième groupe.

La lettre *D* !

Daniel !

Les lignes de droite devaient représenter les tailles de Daniel Carrick ; et si tel était le cas, celles de gauche marquaient les tailles successives de *Joanna Franks* !

— Vous savez ce que je pense, Lewis ?

— Je crois le savoir.

— Joanna s'est mariée en 1841 ou 1842 (Morse se parlait à lui-même aussi bien qu'à Lewis), et cela correspond bien parce que les mesures s'arrêtent en 1841, à la hauteur qu'elle avait en 1840. Quant à son frère cadet, Daniel, il la rattrapait petit à petit — à peu près la même taille en 1836, et déjà plus grand de plusieurs pouces en 1841.

Lewis opinait.

— Et vous vous attendriez à l'inverse, n'est-ce pas, chef ? D'abord Joanna ; puis son frère, à sa droite.

— Oui.

Morse saisit le mètre blanc et le laissa rouler sur le sol.

— Ça ne fait que 1,50 mètre, cela.

— Je ne crois pas que nous ayons besoin de beaucoup plus, monsieur.

Lewis avait raison. Pendant que Morse tenait l'extrémité du ruban sur les tailles présomptives de Joanna, Lewis projetait la lampe sur l'autre extrémité en s'agenouillant sur les carreaux rouges et sales. Non ! On n'avait certainement pas besoin d'un ruban plus long pour l'instant car la taille ne s'élevait qu'à 1,45 mètre et, comme le savait Lewis, la femme repêchée dans Duke's Cut mesurait 1,62 mètre — presque 17 ou 18 centimètres de plus que Joanna ne mesurait à son départ de Spring Street pour son mariage ! Pouvait-on imaginer — dans le meilleur des cas — qu'elle eût grandi de 20 centimètres entre l'âge de vingt et un ans et celui de trente-huit ? Il exprima sa pensée :

— Je ne crois pas, monsieur, qu'une femme ait pu...

— Mais moi non plus, Lewis ! Si ce n'est pas impossible, du moins cela ne s'est jamais vu.

— Ainsi, vous aviez raison, monsieur...

— Si l'on tient compte de tous les doutes raisonnables ? Eh bien, oui, je le pense.

— Et quant aux hypothèses moins raisonnables ? reprit Lewis doucement.

— Eh bien, nous serons toujours confrontés à ce un pour cent de doute, j'imagine.

— Vous seriez probablement plus heureux, tout de même, si...

Morse hocha la tête :

— Si nous avions trouvé une toute petite confirmation supplémentaire, oui. Comme un « J » sur le mur ou... je ne sais pas.

— Il n'y a donc plus rien d'autre à faire, monsieur ?

— Non, je suis certain qu'il n'y a rien d'autre à faire, répondit l'inspecteur, après avoir marqué une petite hésitation.

CHAPITRE XL

> « Le monde est rond et ce qui ressemble à la fin est peut-être aussi le commencement. »
>
> (Ivy Baker Priest, *Parade*)

La question rompait l'enchantement :

— Que faisons-nous, à présent, chef ?

Morse n'en avait pas la moindre idée, son esprit était loin.

— Cela s'est passé il y a bien longtemps, Lewis, et pas comme cela aurait dû, observa-t-il lentement.

Certes, il ressentait ce qu'il disait, mais cela ne répondait guère à la question. Et Lewis répétant cette dernière, ils allèrent trouver le contremaître sous le nez duquel Morse exhiba sa carte de police en l'informant de ses souhaits et en donnant l'impression que l'autorité du MI5 et du MI6 tout ensemble reposait derrière ces instructions concernant la propriété située au numéro 12 Spring Street, surtout à l'égard d'une série de marques crayonnées sur le mur du palier. Oui, le contremaître pouvait y veiller sans trop de mal ; en fait, il aimait bien la photo et faisait de petits prodiges, lui-même, comme il l'avoua assez fièrement. Puis, après que Lewis eut rendu lampe et mètre de poche à leur possesseur un peu ahuri, les événements de l'après-midi touchèrent à leur terme.

Il était 6 heures moins 5 minutes quand Lewis essaya une fois encore de s'éloigner des quartiers nord de Derby pour rejoindre l'embranchement de l'A 52 avec l'autoroute M1 (en direction du sud). A 18 heures, Morse se pencha pour allumer la radio et avoir les nouvelles. D'une manière ou d'une autre, l'année avait été mauvaise, pleine d'épidémies, de famines, d'accidents d'avions, de trains, d'une explosion de plate-forme pétrolière, de tremblements de terre multiples. Mais pas de désastre cosmique depuis le précédent journal parlé, et Morse éteignit la radio, en prenant tout à coup conscience de l'heure.

— Est-ce que vous vous rendez compte que c'est l'heure d'ouverture des pubs, Lewis ?

— Ça n'existe plus, monsieur.

— Vous voyez ce que je veux dire !

— Un peu tôt...

— Nous devons fêter quelque chose, Lewis ! Arrêtez au prochain bistro et je vous offre une pinte.

— *Vraiment ?*

Morse n'avait pas la réputation d'être généreux parmi ses adjoints — ou ses supérieurs —, et Lewis souriait en cherchant du regard une enseigne de bistro, passe-temps dont il avait une certaine habitude.

— Je conduis, monsieur.

— Très juste, Lewis. Nous ne voulons pas avoir d'ennuis avec la police.

Une inexplicable satisfaction envahissait Lewis,

assis en train de déguster sa St Clements et d'écouter Morse plongé avec le tenancier dans une longue conversation consacrée à la perversité des brasseurs de bière brune. La journée avait été belle ; Morse, après avoir éclusé sa troisième pinte avec sa rapidité habituelle, était apparemment prêt à partir.

— Le petit coin ? s'enquit-il.

Le patron l'indiqua du doigt.

— Y a-t-il un téléphone ?

— Juste à côté des toilettes.

Lewis crut entendre son chef au téléphone — quelque chose à voir avec un hôpital —, mais il n'était pas homme à écouter aux portes et il sortit pour aller attendre près de la voiture que son chef reparaisse.

— Lewis... je, heu..., j'aimerais que vous passiez rapidement à l'hôpital, si vous voulez bien. Le Royal Derby. Cela ne nous oblige pas à un trop grand détour, paraît-il.

— A nouveau mal à l'estomac, monsieur ?

— Non !

— Je ne crois pas que vous auriez dû tant boire, malgré tout...

— Allez-vous m'y conduire ou pas, Lewis ?

Lewis le savait, Morse répugnait de plus en plus à marcher ne fût-ce qu'une centaine de mètres s'il pouvait se faire conduire, et il insista pour que Lewis se gare sur l'espace réservé aux ambulances, juste à côté de l'entrée principale de l'hôpital.

— Combien de temps faut-il vous attendre ?

— Combien de temps ? Je ne sais trop, Lewis. C'est mon jour de chance, malgré tout, non ? Ça prendra peut-être un peu de temps.

Une demi-heure plus tard, Morse reparut et trouva Lewis en joyeuse conversation avec l'un des ambulanciers, occupé à vanter les qualités de conduite sur route des Lancia.

— Donc tout va bien, monsieur ?

— Heu, oui. Eh bien, écoutez, Lewis ! J'ai décidé de passer la nuit à Derby !

Haussement de sourcils du sergent.

— Oui ! Je pense... je pense que j'aimerais être là quand ils prendront ces photos — vous savez, heu...

— Je ne puis rester, pour ma part, chef ! Je suis de service demain matin.

— Je sais. Je ne vous le demande pas, n'est-ce pas ? Je prendrai le train pour rentrer — aucun problème —, Derby, Birmingham, Banbury — très facile !

— Vous êtes *sûr*, monsieur ?

— Tout à fait sûr. Cela ne vous contrarie pas, au moins ?

Lewis secoua la tête.

— Eh bien, je suppose que je ferais mieux...

— Oui, sauvez-vous. Et n'allez pas trop vite !

— Puis-je vous déposer, à l'hôtel ou ailleurs ?

— Ne vous inquiétez pas, je... je trouverai.

— On a l'impression que vous avez *déjà* trouvé quelque chose, monsieur.

— Vraiment ?

Tandis qu'il accélérait sur la voie d'accès à l'autoroute, Lewis continuait de sourire : il se souvenait de l'expression joyeuse de Morse comme il faisait demi-tour et franchissait à nouveau les portes automatiques.

ÉPILOGUE

> « Le nom d'un homme est un coup qui l'assomme et dont il ne se remet jamais. »
>
> (Marshall McLuhan, *Pour comprendre les media*)

Au matin du vendredi 11 janvier (il avait repris son service le Jour de l'an), Morse attrapa l'express du matin pour Paddington à Londres. Il devait parler de la criminalité dans les centres urbains à 11 heures dans le bâtiment des conférences de Hendon. Métro jusqu'à King's Cross, puis changement pour prendre la ligne nord. Facile. Tout son temps. Il aimait les trains, en tout cas ; quand Radio Oxford avait annoncé du verglas sur l'autoroute, sa décision fut prise ; et puis cela signifiait qu'il aurait toute licence de se consacrer un peu plus pleinement aux breuvages qui pourraient être offerts.

Il acheta le *Times* et l'*Oxford Times* au kiosque, s'installa dans un wagon de queue et avait achevé les mots croisés du *Times* à Didcot. Sauf un mot. Un coup d'œil rapide dans son fidèle *Chambers* aurait résolu le problème immédiatement ; mais il ne l'avait pas et, comme toujours, son incapacité à mettre le point final à quelque chose l'énervait. Rapidement, il inscrivit deux ou trois lettres bidon (au cas où l'un de ses compagnons de voyage aurait pu être impressionné), puis il aborda les lettres et les notices nécrologiques. A Reading, il se lança dans les mots croisés du second journal. L'auteur des définitions était le fameux Quichotte : Morse revit en souriant Waggie Greenaway résolvant enfin le « célèbre canard de Bradman » en six lettres à la première ligne horizontale : DONALD. Rien d'aussi drôle, ici — mais un très joli puzzle. Douze minutes pour lui faire rendre gorge. Pas mal !

Morse eut une révélation tandis que le train se ruait à travers la gare de Maindenhead ; il s'empara d'une liasse de papiers dans sa serviette et regarda d'abord la liste alphabétique des gens inscrits à la conférence. Personne qu'il connût dans les lettres A à D ; et dans E-F ?

Eagleston
Ellis
Emmett
Erskine
Farmer
Favant
Fielding

Tom Eagleston, oui ; et Jack Farmer, oui ; et...

Morse s'arrêta et regarda de nouveau le nom du milieu dans les F. Vaguement familier, non ? Mais impossible de se rappeler où... Curieux nom, toutefois. Il recommença sa lecture jusqu'en bas — et alors il se souvint. Mais oui ! C'était le nom du bonhomme qu'on avait vu marcher le long du canal au moment où Joanna Franks était tuée — ou théoriquement tuée ; peut-être le bonhomme dont on avait retrouvé la trace à l'auberge *Nag's Head* et qui en avait signé le registre. Homme mystérieux. Ce n'était peut-être pas du tout son vrai nom car les pseudonymes abondaient sur le canal. En fait, Morse se souvenait que c'était le cas pour deux hommes sur le *Barbara Bray* : Alfred Musson, *alias* Alfred Brotherton ; Walter Towns, *alias* Walter Thorold. Il y avait peut-être une explication psychologique profonde au fait que les criminels refusassent parfois vigoureusement de donner leur nom, même si cela signifiait que l'identification future en serait facilitée : Morse en avait connu plusieurs exemples. Tout se passait comme si le nom d'un homme constituait une partie intrinsèque de sa personnalité ; comme s'il ne pouvait jamais la dépouiller *complètement* ; comme s'il constituait sa personnalité au même titre que sa peau. Musson avait gardé son prénom, n'est-ce pas ? De même que Towns.

Morse passa le reste du voyage à regarder par la fenêtre d'un air absent, et son cerveau rassemblait quelques faits encore épars à l'arrivée à Paddington : Donald Bradman — Don Bradman, le nom donné au meilleur batteur du monde ; et F. T. Donavan, « le plus grand homme du monde » ; et...

Dieux du ciel !

Le sang se figea dans ses veines : il se rappelait l'homme qui avait identifié le corps de Joanna Franks ; l'homme physiquement incapable (semblait-il !) de lever les yeux pour regarder les inculpés en face ; l'homme qui pleurait dans ses mains et tournait le dos aux hommes présentés à la cour. Pourquoi avait-il agi de la sorte, Morse ? *Parce que les bateliers auraient pu le reconnaître*. Car ils l'avaient vu, quoique vaguement, à l'aube, « qui avait continué son chemin à toute allure ». Donald Favant ! — ou Don Favant, le nom qu'il se donnait certainement.

Morse inscrivit ces lettres D-O-N-F-A-V-A-N-T sur la marge inférieure de son *Oxford Times* ; puis, au-dessous, le nom dont elles traduisaient l'étonnante anagramme : le nom de F T DONAVAN — « le plus grand homme du monde ».

Sur l'auteur

Né à Stamford (Angleterre), diplômé d'Oxford en 1953, Colin Dexter enseigne le grec et le latin dans les Midlands pendant treize ans puis à l'université d'Oxford où il s'établit définitivement. Au début des années soixante, ce fervent admirateur de Charles Dickens et surtout de Thomas Hardy voit sa vie basculer dans l'univers du roman policier, grâce à la lecture d'un piètre roman du genre qui le convainc de sa capacité à produire une bien meilleure littérature. Il écrit alors son premier roman, *Last Bus to Woodstock*, et signe ainsi l'acte de naissance d'un nouveau grand détective britannique : l'inspecteur principal Morse du C.I.D. (*Criminal Investigation Department*). S'il n'a initialement pas l'idée d'écrire une série, Colin Dexter se laisse pourtant prendre au jeu, publiant au rythme d'un roman par an la suite des aventures de son héros. L'inspecteur Morse devient aussi bientôt pour des millions d'Anglais la figure culte d'une série télévisée, alors que Colin Dexter est promu « mascotte » de ce feuilleton, se prêtant avec amusement à une apparition hitchcockienne dans chacun des épisodes. Fort de ce succès, Colin Dexter s'est vu également plusieurs fois distingué par *The Crime Writer's Association* et a reçu le *Gold Dagger Award* (« le Poignard d'or ») pour *Mort d'une garce*, en 1989.

ACHEVÉ D'IMPRIMER SUR LES PRESSES
DE COX & WYMAN LTD. (ANGLETERRE)

N° d'édition : 2465
Dépôt légal : novembre 1994
Imprimé en Angleterre